AINSI SOIT
BENOÎTE GROULT

Pour ma maman Christiane, ma belle-maman Danielle
Pour mes filles Line et Julie et ma belle-fille Laetitia

Un grand merci à
Benoîte Groult qui s'est prêtée au jeu et qui a suivi, pas à pas, avec amitié, attention et assiduité,
l'élaboration de cet ouvrage.

merci à
sa fille, Blandine de Caunes, pour son enthousiasme et son soutien
José-Louis Bocquet qui m'a accompagnée tout au long de cette aventure
François-Marie Samuelson qui a permis de concrétiser ce projet.

mes éditeurs, Olivier Nora, Manuel Carcassonne, Christophe Bataille et toute leur équipe chez
Grasset pour leur bienveillance et leur efficacité.

toutes les personnes qui ont accepté d'apparaître – et qui se reconnaîtront j'espère – dans les cases de
ce roman graphique, et plus particulièrement celles qui y ont participé activement comme Brigitte
Barbier, Alain Blaise, Danielle et Michel Bocquet, Yves Bodiou, Jérôme Borel, Claire Bouilhac,
Antoine de Caunes, Lison de Caunes, Mylène Demongeot, Jean-Marc Fabre, Sonia Feertchak,
Laure Gasparetto, Isabelle Giordano, Constance Guimard, Anne Lacour, Philippe Mouren,
Christiane et Jean Muller, Brigitte Muller-Boujassy, Pascal Quignard, Jean-Jacques Rousselet,
Camille Saféris, Hiner Saleem, Annie Samuelson, Paul Samuelson, Julie Scheibling, Laurent
Seksik, Jacques Stoll, François Wolfermann et Pronto.

Francine Vergeaux et Line Scheibling pour leur aide à la finalisation graphique.
Stéphane Bielikoff pour la direction artistique de la couverture.

Catel

AiNSi SOiT BENOÎTE GROULT

Préface de Benoîte Groult

Bernard Grasset

Paris

ISBN : 978-2-246-78352-7

Préface de Benoîte Groult

Je me suis mise à la bande dessinée très tard dans ma vie – ce n'est pas vraiment de mon âge !

Mais j'avais ressenti le coup de foudre de l'amitié dès ma première rencontre avec Catel Muller et je venais de lire d'une seule traite *Kiki de Montparnasse*, dont les personnages (peintres et écrivains pour la plupart) avaient été les amis de mes parents du temps où ils fréquentaient Montparnasse.

Pour moi qui n'avais lu dans mon enfance que *Bécassine* et *Les Pieds Nickelés*, et puis bien sûr *Les Petites Filles modèles* ou *Les deux nigauds*, *Kiki* était d'une audace folle ! Tous ces personnages incarnaient la vie parisienne, à laquelle on me promettait déjà l'accès quand j'aurais passé mon bac, latin-grec de préférence, conseillait mon père. Je l'ai obtenu en 1938 (avec mention !) mais je n'ai pas pour autant accédé au monde brillant des artistes, car c'était la guerre, la défaite, puis l'occupation allemande, pendant près de cinq ans ! Je suis donc devenue prof de latin au cours Bossuet, qui n'était pas précisément un héros de BD et ne m'apprenait en rien à vivre ma vie de jeune fille au temps où n'existaient ni la contraception, ni l'I.V.G., qui s'appelait encore l'avortement (mot redoutable que nous prononcions tout bas) et qui pourtant scandait nos vies et menaçait notre avenir.

J'ai vraiment eu l'impression, en voyant Catel s'emparer de ma vie, d'entrer dans un univers de liberté, de vérité et d'humour. Mais aussi d'abus de pouvoir ! Je m'étais beaucoup servie de ma propre vie pour mes livres, et je pensais qu'il ne restait plus rien à glaner. Mais j'ai découvert une autre Benoîte et je dois avouer que je n'y ai pas vraiment cru ! Non ? Pas possible ? Je me tenais si mal que ça ? C'est vrai que déjà ma mère me reprochait d'avoir

« le dos rond » – Catel me le confirmait, ainsi que quelques autres détails, que j'avais préféré oublier. J'ai réussi néanmoins à feuilleter toute cette BD en gommant ce qui me déplaisait. A condition de fermer un œil et de cligner de l'autre, j'ai pu dire « Bravo, Catel, tu as du génie ! » et j'ai réussi à cultiver cette chaleureuse amitié qui nous unit.

Attends seulement que je m'attelle à une BD sur mon amie Catel ! Tu verras que l'on peut se retrouver nue, déchiquetée, percée à jour… Tu as de la chance que je ne sache pas dessiner… Mais tu t'es aperçue, semble-t-il, que je sais écrire ? Alors, méfie-toi… la Benoîte n'est peut-être pas si benoîte que tu crois !

BENOÎTE GROULT

28 MAI 2008

1 La rencontre

10

CLAIRE BRÉTÉCHER

BENOÎTE GROULT

Non, Catel, c'est pas du tout au bord de la mer, c'est au centre-ville.

Mais sur les photos, on voit la mer de son jardin.

Tu ne confonds pas avec sa maison bretonne?

Mais non.

HYÈRES

C'est là.

Eh! Ne lâche pas le volant!

Regarde, elle est en couverture pour son livre «MON ÉVASION»?

POINT DE VUE

Benoîte Gro...
«Mon évasion...

L'article est écrit par Colombe Pringle.

C'est sa nièce, non?

«Longtemps jeune fille trop rangée la romancière et féministe, Benoîte Groult, à 88 ans, publie son autobiographie»

HOULÀ, ça grimpe!

«...Pour les femmes elle est une figure de proue.»

DING. DONG!

3

DING! DONG!

Elle a oublié? Elle fait peut-être la sieste.

DING! DONG!

Non, non! Bonjour!

Ah! Euh... Bonjour madame GROULT. Je suis...

OUI!

Je sais, vous êtes journaliste pour LIBÉ. J'ai noté. Entrez, allons au jardin.

Catel, c'est breton.

OUI! Mais, euh... Non, pas moi.

Et voici mon compagnon José-Louis Bocquet, qui lui est comme vous, Breton de cœur. Il a une maison dans la forêt de Brocéliande...

Ah oui, c'est un vrai Breton: brun aux yeux bleus!

Mais Jean-Louis, ça ne fait pas très breton!

José-Louis! En fait, je suis d'origine belge...

Et moi je suis aussi brune aux yeux bleus, mais alsacienne!

Bon. J'ai peu de temps. Je reviens tout juste de Moscou et je suis en pleine correction de manuscrit.

Oh! Quelle vue magnifique!

Vos citrons! Ils sont tellement beaux qu'on dirait qu'ils sont accrochés pour la décoration!

Regardez mes oranges comme elles sont grosses.

Oh, il commence à pleuvoir... Rentrons!

Votre salon... C'est un véritable musée!

J'étais à bonne école avec un père créateur de meubles et une mère créatrice de mode! J'ai hérité de belles choses.

J'ai grandi au milieu du Tout-Paris artiste et intellectuel, amis de mes parents dans les années 30...

Et j'ai acheté cette maison avec Paul Guimard, assez grande pour tout y mettre dans les années 70...

Il nous fallait de la place pour nos bureaux...

...Et des chambres pour nos filles. Et maintenant pour nos petites-filles, et même pour mon arrière-petite-fille!

Nos mamans ont été vos premières lectrices et admiratrices. Elles nous ont initiés au féminisme.

C'est bien... mais pourquoi toujours les femmes?

Si, José-Louis... et mon papa!

Le mien aussi!

Ah, formidable!

Je ne suis entourée que de filles et j'écris des livres de femmes!

Les hommes ne lisent pas mes livres!

Les femmes lisent bien des livres d'hommes, pourquoi eux ne liraient pas des livres de femmes?

C'est aussi grâce à votre best-seller "Ainsi soit-elle", dédié à Olympe de Gouges, que nous démarrons tous les deux, José-Louis au scénario et moi au visuel, un roman graphique sur la vie tumultueuse et tragique de cette incroyable révolutionnaire.

Ah?!

...Une héroïne emblématique pour la liberté des femmes...

Olympe de Gouges nous a laissé sa Déclaration des Droits de la femme et de la citoyenne en 1791. Il faut rétablir la vérité sur elle, parce que ses contemporains étaient une sacrée bande de misogynes.

Avez-vous lu mon livre sur elle?

Bien sûr! Vous avez été la première à la réhabiliter.

Quel personnage formidable et attachant!

Elle demandait une chose simple, mais finalement compliquée: l'égalité des sexes!

Vous faites quoi, Catel?

Je dessine.

Oh, mais c'est ma maison, c'est très ressemblant!

Vous êtes dessinatrice ou journaliste?!

Je fais de la Bande Dessinée.

Quoi? Quelle drôle d'idée!

15

Nous ne voulons pas vous déranger plus, si vous avez encore des manuscrits à corriger...

Ah non! Vous ne me dérangez pas.

J'ai tout mon temps, à mon âge!

En plus, ce sont mes propres manuscrits que je corrige...

J'aime bien. Ça me rappelle mes années «professeure». J'adore repérer les fautes!

Il y a des erreurs de frappe, des mots que j'ai envie de changer. On a tout le temps envie de tout réécrire en mieux.

Vous avez vu l'ordinateur là-bas? Eh bien, je ne sais toujours pas m'en servir!

J'écris à la main. C'est mon cordon ombilical. Et l'encre est mon sang.

J'ai eu une machine à écrire. Puis une électronique même, pour taper mes textes...

...Ensuite, j'ai acheté un ordinateur parce que ma fille m'a dit: «Tu ne peux pas écrire comme au Moyen Âge avec du Scotch et des ciseaux!»

Mais je n'ai pas trouvé le temps de m'y mettre, alors je fais taper chez Grasset où je suis la plus vieille d'une part...

Dans la plupart des contrats d'édition, l'auteur doit remettre son manuscrit sous forme informatique...

... Et d'autre part la seule qui apporte ses écrits à la main.

... Pour éviter les frais de dactylographie justement!

Ils auraient manqué la plus belle vente de 2006 !

ha! ha!

Bon... On commence l'interview?

On parle, on parle... Mais c'est l'heure de l'apéritif, jeunes gens!

Ça vous dirait une bière?

Regardez dans la cuisine, au lieu d'un buffet, on a un rocher!

On aurait bien voulu lui donner un coup de cisaille pour l'entamer, mais la maison se serait effondrée !

Ah! La vue sur la mer est superbe d'ici... En plus, il fait à nouveau beau!

17

Bidibidi 🎵🎵 Bidi 🎵

Allô? madame GROULT?

Vous êtes contente de la double page dans LIBÉRATION?

Tant mieux!

Comment?

Ah..

Vous trouvez que vous avez les yeux trop en amande!

Sur la couverture...

Ça fait un peu Mongolienne ?!

Benoîte Grou

par Cate

Entre citrons et oranges, l'auteure de BD croque l'écrivaine féministe dans sa maison de Hyères

Oui, c'est de l'encre de chine...

...Avec une plume...

...Et aussi un feutre pinceau.

Oui, c'est pratique.

Ah... Votre fille cadette dessine aussi?

Elle n'a pas de feutre pinceau? On n'en trouve pas en Bretagne ?!

19 AOÛT 2008

2 "Le Rive Gauche"

Enfin un peu de soleil ! J'ai tout de même reservé une table à l'intérieur, il ne fait pas assez chaud pour déjeuner dehors.

La Bretagne me rappelle parfois le climat rude de l'Irlande où nous avions une petite maison avec Paul...

...Il faut mériter ses fruits de mer !

Trinquons, Benoîte, à "Plic et Ploc à la pêche" !

Oui, c'est l'un des moments les plus drôles de votre livre !

Oh, vous avez lu « MON ÉVASION » tous les deux ?!

C'est gentil d'avoir fait un crochet par Doëlan pour me voir, Catel et Jean-Lou...

José-Louis !

BAR le Rive Gauche

Lancelot

FRUITS DE MER

C'est d'ici, en allant boire un verre avec Paul, qu'on avait choisi notre maison bretonne.

Juste en face, rive droite.

Il a dit: "C'est celle-là qu'on veut."
Elle appartenait à un peintre, un vieux monsieur qui n'arrivait plus à descendre le chemin d'accès...

C'est vrai que pour y aller, c'est la croix et la bannière! Une route sinueuse, une impasse, un sentier escarpé...

Ha, ha! Vous avez eu du mal à me trouver! Même le sentier douanier passe derrière la maison!

J'y viens chaque année, de juin à octobre. Beg Roudou est un vrai refuge.

Déjà toute jeune, j'aimais être à l'abri des regards en Bretagne. Je pouvais m'y habiller n'importe comment, échapper aux diktats de la mode, au grand dam de ma mère!

Même nos amis les Badinter sont venus se cacher dans notre maison, en 1981...

Ah?

Après l'abolition de la peine de mort, ils ont eu peur des kidnappings!

C'est à la fois un lieu inaccessible et pourtant visible... mais seulement de loin, depuis la rive gauche! Le port nous isole.

La maison est très pittoresque avec tous ces bateaux devant. Elle a été beaucoup photographiée.

Elle a même fait la couverture d'un calendrier de la poste par CARTIER-BRESSON.

Il existe aussi plusieurs cartes postales...

...dont une où on nous voit dans notre petite barque, Paul et moi.

On était vraiment Plic et Ploc à la pêche...

Le nom de la maison, «Beg Roudou», signifie d'ailleurs «la pointe des filets»

Ici, on a pu vivre nos deux passions : l'écriture et la pêche.

Je connaissais bien la pêche, je l'avais pratiquée dans l'enfance... Les casiers dans les coins de la roche... Poser les filets... Se dire : «Tiens, si j'étais un homard, je me mettrais bien là »...

VOILÀ LES HUÎTRES!

Jean-Jacques le héros de Doëlan (meilleur écailleur !)

À propos de dessin, merci beaucoup pour le feutre pinceau que vous m'avez envoyé.

Je l'ai donné à Constance.

Elle l'utilise pour ses nouvelles peintures.

Son atelier est tout près d'ici, à Tréméven.

Elle prépare une exposition pour novembre à Paris...

Vous viendrez?

Bien sûr!

C'est drôle, vous dessinez comme moi j'ai toujours écrit... dans un petit carnet Moleskine noir.

Je peux voir?

Bien sûr..

Oh, c'est moi avec mes lunettes en bois!

Et c'est ma maison!

Ça ressemble...

Benoîte à Beg Roudou

24

"La pointe de Clohl" Beg Roudou

"Vue du jardin vers le phare"

"Beg Roudou" chez Benoîte Groult Doëlan – RIVE DROITE – Le 19/08/2008

3 Le feutre pinceau

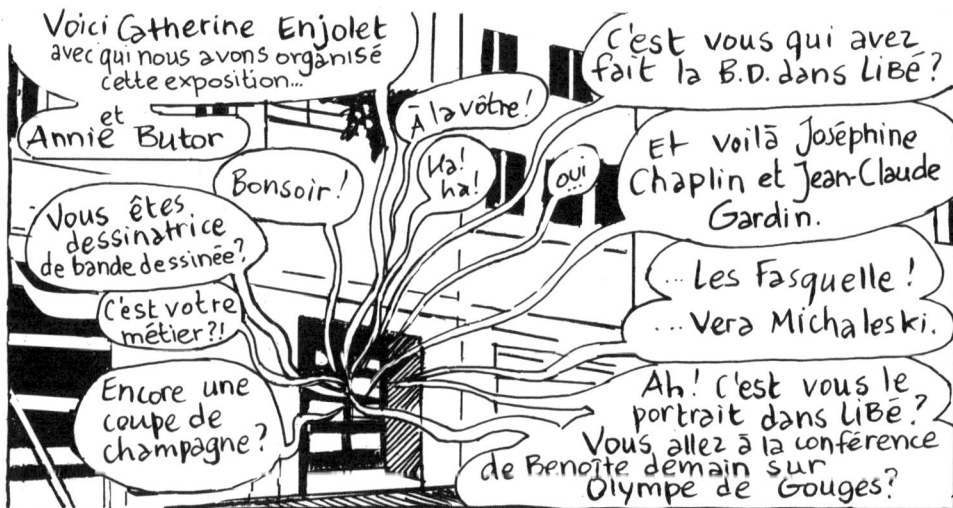

14 NOVEMBRE 2008

4 Conférence à l'Unesco

Olympe de Gouges

une femme du XXIᵉ siècle

Olympe de Gouges au Tribunal révolutionnaire

2008
VENDREDI 14 NOVEMBRE
10h à 12h30 – 14h à 17h

UNESCO (Salle XII)
7, place de Fontenoy
75352 Paris 07

une patriote persécutée

Avec :
Ana Azaria
Soha Béchara
Souhayr Belhas
Olivier Blanc
Josette Fallope
Benoîte Groult
Violaine Lucas
Catherine Masson
Nicole Pellegrin
Aminata Traoré
Gabrielle Verdier

Sa déclaration des Droits de la Femme et de la Citoyenne est une habile subversion de celle des Droits de l'Homme et du Citoyen réservée aux hommes.

TOUT LE DROIT POUR TOUTES LES FEMMES. Les Droits de l'Homme devenaient les DROITS HUMAINS.

Voici ce que demandait Olympe de Gouges au XVIIIe siècle, et sa célébrité de plus en plus grande aujourd'hui est normale.

Elle fut une véritable activiste avec ses pièces, ses tracts et ses affiches.

Elle avait l'idée de la transmission du "POSSIBLE" des femmes...

...Une première conquête féministe.

UNESCO

Bien sûr, son ambition politique a été perçue comme une manifestation névrotique.

Freud appelait ça l'hystérie. Jules Michelet disait d'Olympe qu'elle avait «été ravagée par l'abus des plaisirs»!

LE SEXISME! C'est ce qui l'a finalement menée à l'échafaud...

Tout comme Jeanne D'Arc, "la sorcière", fut brûlée.

UNESCO

BIP! BIP!

De tous ses combats politiques et sociaux, Olympe n'obtiendra qu'une chose...

Coucou maman! Tu me cherches à la sortie de l'école?

Olympe d'après Vidal

...Une chose de son vivant, qui libérera les femmes...

... Le DROIT au DIVORCE.

C'est ton papa qui vient ma chérie. C'est lui qui a ta garde cette semaine.

23 DÉCEMBRE 2009

5 Voeux 2010

Merci Benoîte ! J'ai bien reçu le texte sur Beg Roudou écrit de votre belle plume !

Je l'ai déjà mis en page... Il introduira parfaitement les dessins que j'ai faits à Doëlan cet été...

Oui, je m'occupe de l'impression.

On aura nos livrets de vœux 2010 début janvier.

Pur jus breton !

Je vous ai préparé une enveloppe avec des photocopies du montage.

Je vous l'envoie à Hyères ?

Oui, bien sûr, l'hiver est plus doux dans le Sud !

Couverture livret _ Dessin 120% 2/3

Doëlan

Habiter Beg Roudou signe l'appartenance bretonne. Beg signifie pointe au cap et roudou veut
dire filets. or le plus grand bonheur de mes vacances
d'enfant chez mes grands-parents à Concarneau,
c'était d'aller à la pêche chaque matin à l'aube sur
le bateau de mon grand-père, relever le tramail les
casiers et pêcher à la traîne, lieus, maquereaux et
bars.

Mais qui dit bateau, dit mouillage, et qui
dit mouillage dit surveillance... J'avais déjà épousé
un navigateur breton, Paul Guimard, et il nous a
fallu bien vite acheter une chaumière assez proche
de la mer pour pouvoir tenir à l'œil notre pinasse,
le Kenavo, et tous les bateaux à voile et à rames
et à moteur qui lui ont succédé. Car on cherche
toute sa vie l'engin idéal, plus grand mais plus
maniable, plus stable mais mieux voilé, moins
lourd mais moins volage sur la vague, sans jamais
le trouver bien sûr !

Quant à la maison de Beg Roudou, c'est elle qui nous a mis le grappin dessus dès le premier coup d'œil et qui nous a imposé depuis 30 ans ses caprices, son humidité, son accès difficile le long d'un sentier côtier hérissé de rochers et de racines, agrémenté d'un escalier de 14 marches, débouchant à la moindre pluie sur des trous d'eau boueuse... et puis soudain, à travers les vieux chênes qui empêchent le rivage de tomber à l'eau, c'est le miracle ! des bateaux à travers les branches, la petite barrière verte où j'ai collé — un peu de travers — les lettres B.E.G. ROUDOU. et l'on débouche enfin sur la terrasse de pierre qui fait la jonction entre deux univers, le terrestre et le maritime. Et je pousse enfin ma porte d'entrée dont la moitié supérieure s'ouvre et tient lieu de fenêtre comme dans les fermes d'autrefois, pour me retrouver dans cette maison dont toutes les ouvertures donnent sur l'eau. Où que j'aille, j'ai l'impression d'avoir acheté en même temps qu'elle le port qui s'allonge à mes pieds, le ciel avec ses "merveilleux nuages" comme disait Sagan, et toutes ces vagues qui arrivent du large ramenant les petits chalutiers et leur sillage de goëlands.

Chaque fois que j'entre ici, je sais que je peux jeter l'ancre. Je suis "à poste", comme disent les marins.

Bénédicte Groult

Accès au sentier côtier vers Beg Roudou
par le Chemin de Monserrat

Arrivée à la maison GROULT-GUIMARD
rive droite

façade Sud de la maison

Porte d'entrée de Beg Roudou
(avec les roses trémières)

Vue du jardin sur la rive gauche

barque au pied du mur
de Beg Roudou

façade Ouest
avec le bureau de Bruoile au balcon

Vue du jardin sur Beg koudou

La rivière de Doëlan sur mer

Coopérative du port
rive droite

La digue du port de Doëlan
dite "Môle de la Grande Vache"

4ème de couverture - Dessin 120% 8/5

7 JANVIER 2010

6 La jeunesse de Benoîte

Rue de bourgogne

Porte d'entrée

entrée dans la cour

statue au fond de la cour

J'ai quitté Hyères hier! ha! ha! Voilà mon petit duplex parisien.

À deux pas du musée Rodin... C'est charmant!

Vous vous êtes faite très CHIC pour notre première interview, Benoîte!

En fait, c'est parce que j'ai rendez-vous avec un homme ce soir...

Un soupirant?

Oui, il s'appelle Robert. C'était mon amoureux avant mon premier mari, Pierre.

Je ne l'ai pas épousé à l'époque car ma mère ne voulait pas.

Il venait d'une famille modeste, agriculteurs du Poitou... Pas question de se marier avec un "paysan."

Mes parents ont tout fait pour me dissuader de l'aimer.

Je l'avais rencontré à la Sorbonne.

Il a fait une carrière intellectuelle brillante!

On a gardé le contact.

Maintenant qu'on est veufs tous les deux et un peu esseulés, on se retrouve...

Si vos parents voyaient ça!

...Aux antipodes de Robert que j'ai appelé Blaise dans mes romans - comme "le pauvre Blaise" de la Comtesse de Ségur - je suis issue d'un milieu bourgeois.

Vous me dessinez ?

Je vous enregistre...

Ma mère, dont le grand frère est devenu le fameux couturier Paul Poiret, venait d'une famille de marchands de tissus.

DRAPIER
POIRET

Mon père, lui, travaillait dans la célèbre boutique familiale d'entomologie et taxidermie, rue du Bac, à Paris.

DEYROLLE

Mes parents se sont rencontrés au Palais de Glace, un lieu à la mode au début du siècle...

Ma mère n'était pas sportive, mais comme toutes les jeunes filles, elle cherchait un mari là-bas.

HA!HA!

AAAh!

Oh!

Elle n'était pas tout à fait jolie mais elle avait beaucoup de bagout et une forte personnalité.

En 1907, la jeune fille nommée Marie Poiret est devenue madame André GROULT.

Vous êtes charmant! Je vous raccompagne chez vous, jeune homme?

Dorénavant, je m'appelle NICOLE. C'est moins niais que Marie!

DING! DONG!

VIVE LES MARIÉS!

La veille de son mariage, Nicole a été prévenue de son devoir conjugal.

Les saignements, c'est affreux!

Voilà une alèse pour protéger le matelas.

Mais je n'ai pas mes règles, maman!

Elle fut terrorisée en découvrant son mari en "position de combat".

Quelle horreur! Où vas-tu mettre ÇA?!

Elle voyait un homme nu pour la première fois et obtint de lui qu'il attende.

Ce qui compte, c'est les sentiments.

Je t'aime, Nicole.

André, qui était doux et subjugué par sa femme, patienta puis s'engagea en 1914.

Fais attention, mon chéri!

Prends soin de toi, mon amour!

Ma mère, qui resta vierge jusqu'en 1918, mit son temps à profit...

Vous dessinez des robes magnifiques, Nicole...

Merci, Marie.

Avec son amie peintre, elle partageait l'amour de l'art et l'art de l'amour.

Belle Nicole, je vais te croquer!

Avec joie, jolie Marie!

Puis nous irons danser au Bateau Lavoir!

Marie Laurencin

Il fut décidé que Marie Laurencin serait ma marraine. Pour cela, il fallait bien que Nicole soit enceinte !

Marie Laurencin

Quand mon père rentra de la guerre, elle dut assumer son devoir conjugal.

Tu viens André ? J'ai une demi-heure de libre pour faire la Galipette.

L'éducation sexuelle de ma mère se fit chez son gynécologue.

Suis-je anormale, docteur ? Je ne sais pas où mettre son "gros machin" ?

Vous êtes normale. Je vais vous montrer avec le spéculum.

L'amour féminin, c'était le plaisir sans la douleur. Nicole gérait...

La Galipette avec les hommes, c'est pour les dominer !

Ha ! Ha ! Bien vu ma chérie ! On obtient tout ce qu'on veut avec ça !

Panel 1:
Je suis née le 31 janvier 1920. Nicole est devenue à la fois mère et entrepreneuse.

Je vous confie mon bébé... J'ai du travail!

OUIiiiiN!

Panel 2:
Elle a ouvert un atelier de couture qui a tout de suite eu du succès.

Je vous ai engagées pour réaliser avec soin les modèles que j'ai dessinés.

Panel 3:
Puis elle a poussé mon père à quitter Deyrolle pour devenir ébéniste.

Tu as un don, André. Dessine et fabrique des meubles.

Mais...

On va faire la Galipette?

Panel 4:
André exposait son travail dans l'atelier de Nicole.

Votre boutique est à la pointe de la mode!

merci.

AVEZ-VOUS VU notre commode en GALUCHAT?

Panel 5:
Ma mère s'occupait du business, mon père se concentrait sur la création.

C'est un cuir de requin, très rare!

C'est d'un CHIC! Il me le faut!

Et le manteau aussi!

Panel 6:
Elle a eu le talent de lui faire sa notoriété.

André, je te présente monsieur Picasso qui souhaite acquérir une de tes pièces.

La réussite était totale. Ma mère gagnait sur tous les fronts. Elle gagnait sa vie, celle de son mari, la nôtre.

Les commandes affluent !

Marie Laurencin nous a fait des cartes de visite et des affiches !

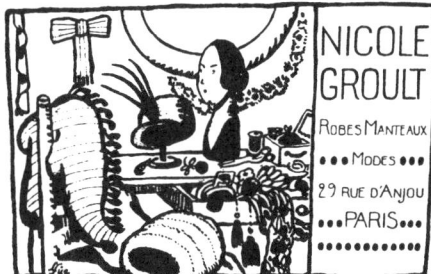

NICOLE GROULT

ROBES MANTEAUX
•••MODES•••
29 RUE D'ANJOU
•••PARIS•••
••••••••••••

Et j'ai demandé à notre ami Marcillac de réaliser le flacon pour mon PARFUM.

André Groult
decorateur
29-8-31   rue d'Anjou
Paris

Nicole GROULT est devenue une personnalité incontournable du Tout-Paris artistique des années 20.

BRAVO ZADKINE! C'est tout à fait MOI!

Toujours optimiste, elle soutenait mon père dont l'œuvre, malheureusement, passait peu à peu de mode.

La mode passe, revient... TON TRAVAIL est IMMORTEL. Tu as du génie, André! Ça se saura un jour.

Quand on voit aujourd'hui le prix faramineux qu'atteignent les meubles d'André GROULT, on ne peut que rendre hommage à Nicole.

Et je rêve d'un paradis céleste pour mon Pater d'artiste qui se croyait oublié !

Table basse palissandre

Commode en galuchat vert

chaise en poirier

Chiffonnier en galuchat hêtre et acajou

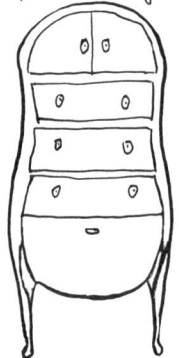

paravent en marqueterie de paille

secrétaire en corne

Bergère gondole

Maman nous a laissé, à ma sœur et moi, l'image d'une femme magnifique, aimée toute sa vie de son mari et de ses admirateurs...

Elle sera pour moi un modèle de liberté, mais aussi une SOURCE DE COMPLEXES !

J'espère que vous suivrez mon exemple, les filles...

Le jour de mes 60 ANS, j'ai FAIT L'AMOUR !

Toute petite déjà, j'ai été paralysée par l'impossibilité de ressembler à ma mère...

Je souffrais de l'absence de tout autre modèle féminin auquel m'identifier.

Maman, tu me lis les "Petites filles modèles"?

Demande à ta nurse, Rosie. Je n'ai pas le temps.

Elle a tes grands yeux bleus!

Mais pas mon caractère. Elle est si obéissante!

Il fallait ressembler à Nicole en tout point. Ou ne pas être.

J'aime beaucoup Camille et Madeleine de la Comtesse de Ségur.

Quoi?! Ces deux niaises?

Mais enfin Rosie, celle qui a de l'intérêt, c'est l'insolente Sophie!

Alors, je n'étais pas.

Tâche au moins d'être jolie.

Muscle ta bouche en forme de cœur, en répétant POMME, PRUNE, POUCE!

J'étais plus qu'obéissante.

POMME, PRUNE, POUCE!

J'étais soumise.

Pour tes ongles, tu vas mettre ça tout le temps.

Oui, maman.

Même à l'école, je n'ai pas songé à enlever les gants en filoselle cousue.

Hé! Tu attends l'hiver pour les ôter!

Hi! hi! hi!

Heureusement que ma mère avait renoncé elle-même à ce traitement.

Pourquoi tes ONGLES sont-ils rongés?

C'est quand je me lave les mains ...

Pour me tenir droite, elle m'avait acheté un siège pour handicapé.

C'est important, le maintien.

Elle espérait sans doute que j'aie la posture d'Eric von Stroheim.

Mâche, Rosie, au lieu d'empiler dans tes joues!

Laisse-la, maman, elle économise ses gestes!

Ma sœur Flora, de trois ans ma cadette, était la préférée de ma mère parce qu'elle était à son image : CHARMEUSE.

Essaye ma dernière création, Flora ...

Ce bibi te va à ravir!

Tu ne veux pas l'essayer, Rosie?

Non merci, sur moi, il aura l'air d'un déguisement!

Elle était tout mon contraire :
blonde et passionnée par la mode.

Comment tu me trouves ?

Su-per-be.

Elle savait parfaitement répondre
aux aspirations de notre mère : SÉDUIRE.

MAGNIFIQUE !

Tu te trouveras facilement
un mari, ma chérie !

Heureusement, je n'ai jamais été jalouse de Flora. Je
l'admirais même, sans avoir aucune envie de lui ressembler.
Et inversement. Nous avons toujours été très complices.

Dis, tu
me prêtes
les "Petites
filles
modèles"?

Tiens, je te conseille
plutôt "le pauvre
Blaise". C'est
plus touchant !

Ma sœur dite "Flora l'amour" avait "remplacé" la première,
Marion, née 9 mois après moi et morte toute jeune à la montagne.

C'est une
épidémie
de gastro-
entérite,
redoutable !

On n'a
rien pu
faire
pour
votre fille,
madame.

Elle n'avait
que 18 mois...

Je me
sens
mal...

J'avais contracté la même maladie que Marion. Ma mère m'a évité le même sort.

Rentrons immédiatement à Paris te faire soigner!

Telle une louve, elle a veillé sur moi et j'ai guéri en huit jours.

Où est Marion?

Elle est morte et enterrée à Saint-Gervais.

C'est du passé. N'en parlons plus.

Nicole ne se retournait pas sur le passé. Pour elle, la vie était prioritaire.

André, je veux un nouvel enfant.

Oui, ma chérie.

On n'a plus jamais parlé de Marion. Elle a disparu des albums-photos.

L'oubli évite la pesanteur.

Ma mère n'a jamais voulu être femme à se désoler. Une vraie battante.

Je vous confie les filles! Nous allons faire courir nos chiens.

OUIiiN!

WAF!

Elle aimait et était fière de ses lévriers de compétition. Ils gagnaient!

BRAVO CHOCOLAT!

Chacun avait un nom de bonbon en fonction de sa couleur.

Praline et Dragée, mes chouchoutes!

WAF!

Le jour où l'un d'eux s'est noyé, Nicole a réagi comme à son habitude.

Oh, mon Dieu! Ses petites pattes fines n'ont pas pu s'accrocher pour remonter!

Elle a vendu l'autre! La mort restait synonyme d'échec.

J'arrête les lévriers.

Trop fragiles!

Wif!

Pour "remplacer" ses lévriers, elle a acheté un grand caniche.

Voici HOP. Il est très VIVANT!

WOUF!

Son souci constant des apparences et son activité dans la mode Parisienne étaient mal perçus dans la famille bretonne de mon père...

Un pyjama de plage !

Ridicule !

Le chic balnéaire ne se trouve qu'à Deauville

Son excentricité tranchait même à la capitale. Elle n'avait rien à voir avec les autres mères passe-muraille de mon école.

Comment trouvez-vous mon nouveau manteau en POIL DE SINGE ?

MAGNIFIQUE !

euh...

Pas la peine de me chercher à l'école, maman !

De toute façon, les horaires ne lui convenaient pas.

SAINTE CLOTILDE

Maman !

Maman !

Maman !

Au collège, je me sentais un peu différente.

Elle a des chaussettes Oldimeglande ! ha ! ha !

OLDENGLAND.

Elle t'en tricote pas, ta mère ?

J'étais la fille d'une mère TRES différente.

On n'invite pas mademoiselle Groult au goûter...

Pourquoi ?

À cause de sa mère.

Pourquoi ?

Elle travaille.

Elle est prostituée !

60

En revanche, les amies de ma mère avaient toutes le même style et des idées originales.

On va danser à la Coupole !

Allons d'abord à la Grande Chaumière !

Dessiner ?!

Ou poser comme Kiki de Montparnasse ! ha! ha!

Les artistes étaient des gens moralement infréquentables... déroutant pour les enfants.

Avant de disparaître, dites bonsoir à Monsieur Cocteau et son nouvel ami, les filles !

Ma filleule a l'air perplexe hi! hi!

Ma mère m'a rendue timide parce qu'elle était truculente.

DESTRUFFES ?! Tu ne sais pas que j'ai HORREUR de ça, Léon ?!

Mais je ferai honneur aux tiennes car elles sentent bon l'amour...

Ma mère m'a rendue polie parce qu'elle adorait être grossière.

La truffe sent le sperme !

Il faut la consommer à petite dose !

HA! HA!

HA! HA!

61

J'admirais ma mère en bloc, mais tout ce qu'elle faisait en détail me hérissait.

Savez-vous qu'on fait chercher les truffes par des truies et des chiennes car elles ont l'odeur de testostérone et d'éjéctions mâles ?

C'est quoi des «JEXIONS»?

On pourrait parler de botanique, plutôt ?

Avec le temps, nous finissions, ma mère et moi, par nous désespérer mutuellement.

J'étudiais sans répit, espérant fuir l'entrée dans l'arène de la gente masculine.

Je ne peux pas marcher avec ces trucs aux pieds !

Il n'y a pas que les livres dans la vie, Rosie !

Sois un peu féminine, Rosie !

Ce n'est pas comme ça que tu trouveras un MARI plus tard !

Par bonheur, mon père était très content d'avoir une fille « intellectuelle ». Mes meilleurs moments furent avec lui en Bretagne.

Tu pourras m'apprendre le nom latin des poissons qu'on va pêcher, Pater ?

Oui, ma chérie. Et on va peut-être trouver des hippocampes cette fois...

Il m'avait aussi fait découvrir les Alpes et transmis le goût de la montagne gagnée à la sueur de son front et à l'usure de ses peaux de phoque.

Et maintenant, la descente !

... en télémark !

Moi, je préfère le christiana !

À ma naissance, pourtant, il avait eu de sérieux doutes sur sa véritable paternité biologique...

Nicole, tu as vu les orteils de Rosie ?

Elle a le pied Grec !

...Comme son parrain, ton ami Léon...

Malgré ça, j'ai eu avec lui une relation privilégiée, d'une richesse et d'une complicité infinies.

Tel père telle fille! Bretonnez bien!

Le latin, le sport, la botanique, la pêche... Nos territoires où ma mère n'avait pas sa place.

Sol lucet omnibus.*

* le soleil luit pour tout le monde.

À Paris, mes parents étaient trop occupés pour s'occuper de nous. Flora et moi avons été élevées essentiellement par des nurses.

I'm Irlandaise, Madam'

Ça ira aussi.

Le grand chic était d'avoir une nurse anglaise.

L'essentiel, c'est que mes filles apprennent l'anglais.

Yes, miss Groult!

C'est donc notre Nanny qui se chargeait de notre éducation.

Je pars à Londres présenter ma dernière collection, puis au Caire... Occupez-vous bien des enfants!

Yes!

Elle vivait avec nous au quotidien.

Rosie! Flora! COME ON!

HA! HA!

Elle tentait de se faire respecter.

STOP IT!

clac!

Elle a fini par se faire renvoyer.

C'EST SCANDALEUX!

Sorry...

On ne porte pas la main sur un enfant!

Pour la première fois, je m'opposai à ma mère.

Elle était gentille!

C'est un abus de pouvoir de la bourgeoisie!

?!

Pour la première fois, je dominai Nicole..

What are you doing now?

Euh... Que dis-tu ? Je ne parle pas l'anglais, Rosie...

La valse des gouvernantes a commencé.

Bonchour, che suis alsachienne.

Au moins, vous parlez français

Elles partaient dès qu'elles avaient assez d'argent.

MERCI! CHE VAIS ME MARIER!

Jusqu'à l'arrivée de la Danoise.

BONSOIR MES CHÉRIES !

Elle était ma préférée. Je lui donnais plus d'affection qu'à ma mère.

Un bisou du bout des lèvres pour ne pas abîmer le maquillage de maman.

Avec Alice, nous nous promenions dans tout le quartier...

J'adore ce penseur!

Moi aussi.

RODIN

Je m'en souviens très bien... Après le musée Rodin, on se planbait devant le 61, rue de Varenne, en face de chez nous...

C'était la maison d'André Gide. Il était mon auteur de chevet, j'étais si émue d'être sa voisine!

J'habite encore ce quartier aujourd'hui...

la lecture me passionnait. Pourtant, elle n'a curieusement pas développé ma réflexion et mon sens critique durant toute mon enfance...

À l'instar de la pensée collective arriérée de l'époque, ma propre pensée était en totale léthargie...

EXPOSITION COLONIALE INTERNATIONALE

PARIS 1931

C'est là!

Ne t'éloigne pas, Rosie!

67

Exotisme et racisme se confondaient. Le spectacle d'êtres humains, montrés comme des bêtes de foire, amusait la galerie!

On dirait des singes!

HA! HA!

HA! HA!

hi! hi!

Mon Dieu, quelle sauvagerie!

Il y avait pourtant dans ma famille un vrai briseur de tabous: mon oncle, le célèbre couturier Paul Poiret.

Je vous présente ZOHRA

Mon frère adore l'originalité!

Quelle audace! Des ongles de toutes les couleurs

Et ce turban doré!

Quel talent ce Poiret!

Jovial, il se fichait des conventions en s'affichant avec ses maîtresses. Aussi libre dans ses moeurs que dans sa création.

Je vous présente Emma...

Où est passée ta charmante créature marocaine?

Repartie dans son pays.

Elle était si originale! hi! hi!

Oh, oui!

Mais c'était en faisant fi de tout problème moral. Ce qui ne choquait pas le moins du monde la bourgeoisie excentrique.

J'ai acheté Zohra à l'âge de 16 ans. Je l'ai rendue à ses parents deux ans plus tard.

Je leur ai donné de quoi pourvoir à l'éducation de ses frères.

Comme c'est généreux de votre part!

Quelle classe ce Poiret!

Comment faire la part des choses?

Il m'a fallu du temps...

À l'adolescence, je me plongeais plus encore dans les livres. Une fuite peut-être.

Tandis que ma mère s'acharnait à me rendre plus "féminine".

Elle me poussait à sortir avec Flora.

Parfois, la frivolité de ma soeur était vraiment exaspérante!

69

Je ressentais un profond malaise sans prendre réellement conscience que je perdais toute personnalité.

Te voilà enfin coquette, Rosie!

Cocotte, tu veux dire!

Je vais trouver un prince au bal!

C'est l'objectif de la soirée?

L'idée même que ma réussite et mon honorabité future passent par l'obligation de décrocher un mari me déprimait.

Allez, Rosie!

C'est affligeant.

Mademoiselle Flora, m'accordez-vous la prochaine danse?

De toute façon, personne ne m'invite.

Je perdais ainsi toute estime de moi. Pater essayait de me consoler.

Margaritas ante porcos!*

Je vais rester vieille fille.

*Des perles pour les cochons!

Ma mère m'envoyait à des leçons de Rumba. En vain: le charme, ça ne s'apprend pas.

Un pas en AVANT, un pas en ARRIÈRE...

EN RYTHME!

J'avais pourtant été repérée pour faire des essais au cinéma. Devenir actrice? Ma médiocrité fut scellée avec mon refus.

Arrête de te buter, Rosie! Marc Allégret te trouve charmante pour le rôle!

C'est NON. J'aime encore mieux faire des MÉNAGES!

Je faisais le désespoir de ma mère pendant que ma soeur compensait en excellant dans l'art de devenir femme.

Les deux clés du succès sont le TALENT et le MARIAGE, les filles.

Flora, tes dessins pour Christofle sont superbes! Et ton ami le banquier anglais serait un gendre idéal...

Et toi, Rosie? À part tes mots en latin et ton paysan de Robert, toujours rien?

71

Mon réveil, brutal, avait fini par se déclencher... le jour de mon BAC.

GROULT Benoîte.

euh... Non... C'est ROSIE GROULT.

En ce temps-là, on ne se souciait pas des papiers d'identité.

GROULT BENOÎTE. C'est écrit.

Le 31 janvier 1920, on avait dû espérer un Bénoît...

OuiiiN !

C'est une fille ! Jolie comme une rose.

Ce fut la bonne occasion pour opérer une transformation.

D'accord ! Je vais m'appeler Benoîte. C'est moins niais que Rosie.

Ma mère qui s'appelait Marie est bien devenue Nicole !

En changeant de nom, je me vivais enfin triomphante.

Oui, BENOÎTE GROULT, c'est mon vrai NOM.

Vous avez réussi votre BAC.

Avec mention.

Félicitations !

Mais le changement d'identité n'est pas si simple. Pour me construire, j'avais besoin de nouveaux modèles.

Tu vas être institutrice, pauvre Rosie...

Benoîte!

70% des institutrices ne trouvent pas de mari.

Dans les romans, la majorité des héroïnes étaient célibataires.

Encore une histoire d'institutrice seule et aigrie...

Et celles qui étaient mariées, mouraient souvent d'ennui.

"Tandis qu'il s'assoupissait à ses côtés, elle se réveillait en d'autres rêves."

FLAUBERT Madame BOVARY

Il y avait bien les histoires de la moderne et sulfureuse Colette...

Toi qui as lu tout Molière, n'as-tu pas tiré de leçon des "femmes savantes" ou des "Précieuses ridicules"?!

Mais quand la femme adultère avouait le mari se suicidait.

Tant pis, je resterai vieille fille!

À quoi tu joues, Bécassine?!

Puisque je n'avais pas de modèle de femme, je prendrais donc un HOMME... un héros de l'Histoire...

Comment m'exprimer sans bouche?!

Sais-tu qu'il existe UNE HÉROÏNE célèbre dans l'Histoire de FRANCE?

Bécassine

CHEVALIER BAYARD

Bien sûr, il y avait l'incontournable Jeanne D'ARC! Mais a-t-on envie de ressembler à une pucelle au destin tragique?

À MORT LA SORCIÈRE!

Est-il préférable de s'identifier à une romancière comme Aurore Dupin, au pseudonyme d'homme et à la réputation désastreuse?

GEORGE SAND

Un bas-bleu qui a eu une flopée d'amants!

...Dont Chopin et Musset... UNE CATIN!

C'était décidé: mon grand HOMME serait donc NAPOLÉON. Tout le monde admirait les guerriers, surtout celui-ci.

On gouverne mieux les HOMMES par leurs vices que par leurs vertus!

C'est valable pour les femmes aussi?

Plus jeune, j'avais été tentée de me tourner vers Dieu...

Mes bien chers FRÈRES...

Il m'était familier par mon éducation à Sainte-Clotilde...

Mon père, j'aimerais être enfant de chœur.

Désolé petite, Dieu n'accepte pas les filles.

Dans l'église catholique, les femmes n'ont pas de place: aucune mère fondatrice face aux multiples pères, fils, papes, prêtres ou aumôniers.

On peut être SAINTE OU MARTYRE.

Ou les deux à la fois!

Je m'étais néanmoins accrochée à la religion, jusqu'à aller perfectionner mon anglais dans un couvent en Angleterre.

I have my first communion.

What do you think about God, miss Groult?

J'avais pourtant perdu toute foi en l'existence du BON DIEU.

GOD SAVE THE QUEEN.

Mais l'idée de rentrer dans les ordres me séduisait.

I LOVE GOD!

You're welcome.

BIBLE

Je voulais tout simplement qu'on me fiche la paix. Pour échapper à l'impasse de ma vie, Dieu aurait pu m'ouvrir une voie.

Tu n'as aucune aptitude artistique. Tu as des goûts de nurse anglaise...

Tu ne fais même pas la différence entre un Sacré Cœur Sulpicien et le saint Sébastien de Mantegna!

... Et en plus, tu as des idées stupides : devenir bonne sœur, tu n'y penses pas, Rosie!

J'aurais tant aimé être un HOMME pour avoir la possibilité de devenir un héros... Rejoindre les pêcheurs de l'île de Sein par exemple.

C'est l'appel du 18 JUIN! TOUS EN ANGLETERRE!

VIVE LE GÉNÉRAL DE GAULLE!

En 1940, le seul avantage à ma condition était d'avoir été préservée - grâce à mon âge et mon sexe - de la drôle de guerre.

On a évité le S.T.O. et les camps de prisonniers!

Mais on a l'Occupation...

...Alors que tous les jeunes hommes étaient réquisitionnés pour la guerre, je me voyais déjà rester vieille fille...à perpétuité!

Je suis ravie! Flora a trouvé un fiancé en or : un banquier anglais! Et Rosie a enfin rompu avec son étudiant du Poitou.

Et elle a obtenu une licence en lettres. Elle restera à la maison nous soigner...c'est gentil!

Exaltant!

DRiiiiiNG!

DRiliiNNNG!

Excusez-moi, Catel. J'attends un appel de Robert!

Allô ? Ah Robert! Je parlais de toi, justement...oui !

Ah bon?

Quand on parle du loup!

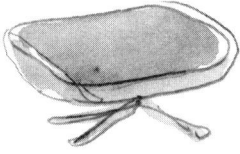

fauteuil Charles
Eams

Duplex - 1ᵉʳ étage (Chambre de Benoîte
avec verrière)

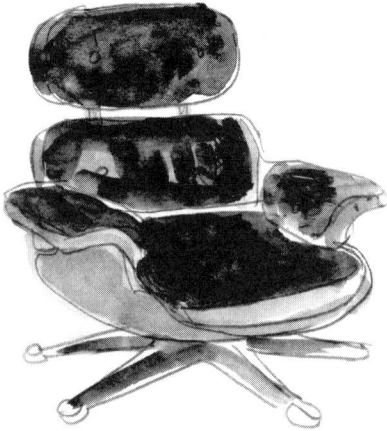

Baleine dorée
sur la porte d'entrée
(7ᵉ étage)

Entrée par la cour - 7ᵉ étage.

1ER FÉVRIER 2010

7 L'anniversaire

MANUEL! Bonsoir!

José-Louis, je te présente l'éditeur de Benoîte...

Enchanté! Mais veuillez m'excuser, je vous enlève Catel. Elle a une place réservée à côté d'Olivier Nora, notre P.D.G.

Ah, vous voilà... Merci pour vos carnets de vœux avec vos dessins de Doëlan et le texte de Benoîte... Très joli!

Et maintenant, une B.D. chez GRASSET?

Vous êtes en train de finir votre roman graphique sur Olympe de Gouges?

Euh... En fait, je démarre seulement...

Vous connaissez le chevalier de Saint-George?

Oui, oui... C'était un ami d'Olympe...

C'est le premier homme des Lumières MÉTIS! ...Un bon sujet de B.D.

C'est le super-héros de Daniel!

DING! DING! DING!

UN PEU DE SILENCE S'IL VOUS PLAÎT!

...J'ai fait ta connaissance, chère Benoîte, il y a une dizaine d'années en éditant deux livres...

... Deux triomphes ! LA TOUCHE ÉTOILE en 2006 - où tu te mets en scène sous les traits d'Alice...

Tu dis, je cite

«J'avais tout de même réussi à rester une belle emmerdeuse toute ma vie... Et voilà pourquoi on m'apprécie aujourd'hui.»

...Et MON ÉVASION en 2008, où tu retraces avec allure et humour la trajectoire d'une femme dans le siècle...

J'ai choisi de lire cet extrait sur Paul qui irradie de sa lumière ton texte et ta vie.

ha! ha!

«Le premier baiser qui a entraîné tous les autres, c'est en mer que nous l'avons échangé, sans l'avoir prémédité.

En fait, c'est la mer que nous embrassions sur la bouche de l'autre...

Il faisait magnifiquement mauvais ce jour-là. Et la pluie glissait sur nos visages, mêlée d'écume salée qui lui donnait sa belle amertume...

Il n'y avait vraiment rien d'autre à faire que de la boire sur nos lèvres, tout en gardant un œil sur l'océan qui n'attend jamais qu'une distraction pour vous engloutir...

En rentrant à terre ce soir-là, je croyais bêtement avoir franchi une étape vers son intimité, mais Paul ne semblait avoir tiré aucune conséquence de ce baiser...

... Et j'ai très vite compris qu'avec lui, les codes habituels de conduite n'avaient pas cours. Notre baiser? Quel baiser?

Il n'y en a pas eu d'autre cet été-là. Mais à notre retour à Paris, comme je vivais seule et que nous habitions encore la même rue...

Chanez

... Paul prit l'habitude de passer un moment à la maison pour m'apporter un livre, m'emmener au cinéma, me lire un poème...

Les semaines s'écoulaient, il continuait à louvoyer de ma compagnie à celle de sa femme sans le moindre signe de regret ou d'impatience...

... Sans jamais que je sache où était ma place et où commençait la sienne à elle.

D'une manière aussi imprévue que notre baiser en mer, un soir comme les autres, nous sommes rentrés à pied de l'O.R.T.F. où il animait chaque jour la *Tribune de Paris*, une émission politique, et il est monté prendre un verre chez moi.

Au moment où j'allais le raccompagner à la porte, je me suis figée sur place. Paul était au milieu du salon et retirait nonchalamment sa chemise et son pantalon...

Avant d'entrer dans mon lit, au fond de l'alcôve, comme si c'était le sien, sans un mot d'avertissement ni d'excuse...

Bien sûr, j'étais un peu amoureuse, mais modérément. Qui ne l'est pas à 30 ans d'un homme qui vient vous lire des poèmes ?

Bien sûr, j'étais curieuse de savoir comment ce drôle de type se comporterait dans un corps à corps. Mais de là à...

Il n'y avait pas eu de pourparlers ni de préliminaires, jamais un geste déplacé. Cette situation n'était pas prévue dans mon manuel...

Et comme Paul ne me racontait jamais sa vie, j'ignorais s'il me trouvait sexy ou juste propre à remplir quelques interstices de son existence qui se trouvaient vacants.

Il me regardait ironiquement du fond de MON lit. Il ne me restait plus qu'à me déshabiller aussi, par correction.

HA! HA! hi! hi!

On ne garde pas sa jupe et son chandail devant un monsieur tout nu.

HO! HO! HO!

Trop tard pour dire je ne suis pas celle que vous croyez. J'étais évidemment celle qu'il croyait. Et je ne savais pas encore à quel point il allait devenir celui que JE VOULAIS?

Pour finir, Benoîte, laisse-moi te remercier comme éditeur, pour tous les bonheurs que je te dois...

Et comme HOMME en libérant les femmes et en permettant à ceux de ma génération de se comporter d'une manière un peu moins sotte avec leur partenaire.

CLAP!
CLAP!
Bravo! Clap!
clap!
CLAP!
CLAP!

On va vous présenter notre famille assez compliquée GROULT-DE CAUNES-GUIMARD...

Nous sommes Blandine... ...Et Lison De Caunes, les filles aînées de maman.

La troisième, Constance Guimard, est retenue en Bretagne. Mais maman est entourée de ses 3 petites-filles..

Violette... Clémentine... Pauline...

...Et son arrière-petite-fille Zélie!

Il y a aussi ses nièces, filles de Flora, et une de ses petites-nièces ...

Colombe

Vanessa   Merry

Comme vous pouvez le constater, nous poussons le féminisme très loin dans cette famille...

Il y a tout de même DEUX GARÇONS du côté DE CAUNES dont Antoine ici présent...

Mais ce n'est pas maman qui l'a fabriqué.

Antoine De Caunes

Nous n'en avons pas fini avec les filles car il y a aussi celles dites "adoptives de cœur»

La bagarre est rude pour maintenir notre place légitime !

HA! HA!   hi! hi!

La parole est justement à l'une d'elles : Jeanne Cordelier...

Benoîte, si j'avais pu, je vous aurais choisie pour mère tout au long de ma vie... J'aurais usé mes lèvres à vous baiser les mains.

Votre fille aujourd'hui, votre fille demain.

Voici maintenant un extrait de la pièce de théâtre, "LE JOURNAL À QUATRE MAINS" adaptée et jouée par Lisa Schuster dans le rôle de Flora, et Aude Brian dans le rôle de Benoîte pour lequel elle a reçu le molière de la meilleure comédienne!

"Eh bien, malgré mon boléro à paillettes, j'ai passé une excellente soirée à parler drozophilie, gènes et chimie avec un garçon charmant...

Très grand, le dos un peu voûté, un peu vilain, un peu timide ou distrait...

... Comme je les aime, d'une beauté qui ne s'étale pas bêtement aux yeux de n'importe qui.

Émue et presque irritée par la tendresse nouvelle dans l'oeil de ma soeur...

J'ai tellement pris l'habitude de la croire à l'abri des intempéries du coeur...

... Et en même temps, elle est si vulnérable de n'être qu'intellectuelle.

14 octobre 1940...

Réouverture de l'Université. Je prépare mon oral de grec. Jean m'a parlé de son passé, de l'avenir qu'il se préparait...

... De la femme idéale qui viendrait s'ajuster dans cet univers idéal. Mais tout cela d'une manière très abstraite.

Comme si je n'étais pas une femme possible. Les hommes se choisissent un AVENIR et mettent ensuite une femme dedans.

$VE = MC4$

$HN2O$

Les femmes, elles, choisissent un HOMME et elles arrangent un avenir autour...

... comme elles peuvent! »

clap!

clap!

Bravo!

Les chants irlandais me rendent sentimentale, Robert!

♫ (OH DANNY BOY! I SIMPLY SLEEP IN PEACE UNTIL YOU COME HOME ♫

Jean-Claude Fasquelle, vous avez été le premier éditeur de Benoîte?

Toute notre vie professionnelle et amicale, je n'en parle pas... J'ai simplement un message pour elle...

Elle a écrit: « la vieillesse est si longue qu'il ne faut pas la commencer trop tôt. »

Alors Benoîte, le jour où tu voudras la commencer, préviens-nous, car pour l'instant, tu restes la plus jeune d'entre nous tous!

Chère Benoîte, j'ai le grand plaisir de travailler avec toi depuis quelques années, c'est-à-dire ne pas travailler du tout.

Tout ce que tu fais est PARFAIT. Mais tout aurait pu se passer très mal.

95

Tu ne te plains jamais.

Tu es toujours de bonne humeur.

Et toujours en bonne forme...

TOUT LE CONTRAIRE DE MOI !

C'est pour ça que nous nous entendons si bien !

Je voulais que cet innommable anniversaire de mes 90 ans passe complètement inaperçu...

HA! HA! HA!

Ha! Ha!

Sacré Manuel !

...Et vous voyez, c'est complètement RATÉ !

Je le dois d'abord aux éditions Grasset où j'ai publié depuis 40 ans...

HA! HA!

hi! hi!

...Puis à vous, mes amis, qui êtes TOUS venus!

Je suis touchée de me retrouver à la Cagouille.

Malgré son nom terrien, Cagouille signifie escargot en Charentes. Alors que c'est un restaurant de MER!

C'est ici que nous venions souvent dîner avec François Mitterrand qui était très amateur de fruits de mer...

Je reviens toujours là avec joie et gourmandise.

J'espère que tous les souvenirs accumulés et toutes ces présences amicales vont m'aider à oublier que j'ai 90 ans!

J'ai décidé de ne pas débiter des considérations sur le grand âge qui n'amuseraient personne, même pas moi...

Je vais plutôt vous lire un poème que j'ai écrit pour l'occasion.

« Avec le temps » dédié à Léo FERRÉ et Madeleine qui ont été mes amis intimes.

« Fut un temps ...

97

AVEC LE TEMPS

dédié à Léo Ferré

Fut un temps.
J'avais un époux, un amant.
Non pas le même évidemment,
Sans l'un je n'eusse pas aimé l'autre autant.

Fut un temps
Nous avions deux bateaux en même temps
Non pas les mêmes évidemment
Un pour la pêche de mon enfance
Et un Boston, pour l'élégance.

Fut un temps
Je n'avais reçu aucun coup
Je ne sentais pas mon licou
J'étais heureuse, évidemment
Puis vint un temps.

Vint un temps
Où l'amour cacha son visage
J'aperçus la camelote du monde
Et la probabilité du naufrage
Et j'étais heureuse nonobstant.

Puis vint le temps
Qui allait mettre fin au temps
Du moment où je pénétrai
Dans cet ailleurs des gens âgés
Où l'avenir sans lendemains
Et le passé sans survivants
Me laissaient entre deux néants.

Alors le temps dit : il est temps
Mais avant de quitter la ronde
Plonge-toi dans la beauté du monde
L'éternité de chaque jour
Pour qui n'est pas mort à l'amour.
Avant de quitter la fête
Jouis de la mer et du vent
Et de la poésie des poètes
Pour qui n'existe pas le temps.   (Benoîte Groult)

BRAVO!

clap!
clap!

clap!

C'est le seul poème que j'ai écrit de ma vie d'adulte...

CLAP!
CLAP!

BRAVO!

clap!

CLAP!

CLAP!

CLAP!

Ah, j'oubliais quelque chose.

Je ne voulais pas raconter ce soir l'art d'être grand-père à la Victor Hugo...

Et j'ai pourtant le plaisir d'avoir mes trois petites-filles ...

JE DÉDIE CETTE SOIRÉE À ... CLEMENTINE!

31 MARS 2010

CONTRAT
ÉDITIONS GRASSET

La société INTERTALENT

Madame Benoîte GROULT

Et
Madame CATEL Muller

8 le contrat

LA PETITE COUR

Je suis si contente que vous ayez accepté de signer un livre avec moi!

J'ai toujours travaillé seule... Sauf mon premier livre, "le journal à quatre mains", avec ma soeur.

Ça va être formidable, maman, avec les dessins de Catel!

Avec joie! Je n'en reviens pas de faire un livre sur VOUS...Pardon...sur TOI Benoîte, et AVEC TOI!

Trinquons à NOTRE contrat!

On peut se tutoyer?

Dans mon panthéon des grandes figures féminines, tu es une icône. J'ai pris conscience, grâce à tes écrits, de la place des femmes dans la société.

J'admire ton combat incessant contre les PRÉJUGÉS!

Vous avez choisi, Mesdames?

La littérature s'épuise, il faut le reconnaître. Mais ce qui m'attriste le plus, c'est la poésie. Elle a disparu.

Tu exagères, maman! Elle existe sous d'autres formes. Certains chanteurs, par exemple...

Ah oui, comme Léo Ferré!

C'est vrai.

J'adorais ses textes, avec sa belle voix...Jean Ferrat aussi...

Moi, je préférais Gainsbourg.

Mais ils sont morts!

Et parmi les contemporains, Grand Corps malade est pas mal non plus...

Ah? Bâf! C'est du «RAP»?

Non, c'est du SLAM.

C'est pareil, c'est simpliste! Ça cherche à plaire à tout le monde.

C'est comme la B.D.

MAMAN!

Ne dis pas de bêtises. Pense à Goscinny!

Je dis ce que je pense, Blandine!

Tu viens de signer un contrat avec Catel pour une B.D.!

C'est une Bédé que tu vas faire sur moi?!

euh... oui.

Tu vas écrire mes textes dans des petites bulles ?!

euh... oui... mais...

Tu vas réduire ma pensée dans des cases ?!

Ben ... pas forcément ...

MAMAN!

Désolée, Catel, je dois y aller. Je suis attendue chez Phébus... Mais ne t'inquiète pas, maman peut être abrupte. Il ne faut pas te vexer, le livre se fera!

Chère Benoîte, sais-tu que beaucoup d'auteurs s'expriment aujourd'hui par la Bande Dessinée?

C'est un média idéal pour le rapport texte-image ...

La B.D. est considérée comme le 9e ART!

ART? Moi qui lisais Bécassine quand j'étais petite, ce n'est pas ça qui m'a permis de devenir professeur de latin!

C'est bon pour les gens qui ne LISENT PAS.

Regarde les écrivains - et pas des moindres - qui font des scénarios de B.D.!

Ah oui, pour être à la mode... DÉMAGOGIE!

Parfois, un petit dessin ne vaut-il pas mieux qu'un long discours?

PRÉJUGÉ!

Il y a un malentendu. Nous allons encore réfléchir avant de nous lancer dans un projet ensemble.

Ah!

Mais tu ne voudrais pas plutôt faire des belles illustrations de mes textes ? J'aime beaucoup tes dessins...

La note, Madame.

BRRR, quel froid! Tu ne portes qu'un petit blouson?

Avant, j'avais un beau manteau en mouton retourné. Il était très chaud, mais très lourd.

Alors, j'ai acheté une DOUDOUNE. C'est léger et finalement aussi efficace!

Tu sais, Benoîte: la plume d'oie est à la peau de mouton ce que la B.D est à la littérature: légère et tout aussi efficace!

Ah? Je vais réfléchir à ça. On se voit ce soir au débat avec Jeanne Cordelier?

La question de la réouverture des maisons closes...Ouvertes à qui ? Aux hommes! Les femmes, elles, y sont enfermées. Elles sont des esclaves.

LIBRAIRIE LA LUCARNE DES ÉCRIVAINS

BENOÎTE ON et JEANNA UMUL

Aragon disait : « la femme est l'avenir de l'homme. » Mais quel avenir?

Après la rue, j'ai connu l'abattage des Eros Centers. J'ai perdu, en vendant mon corps, toute fierté et toute estime de moi.

J'ai perdu mon âme.

Jeanne a connu la marchandisation du sexe. Elle a été victime d'un trafic humain. Elle a beaucoup souffert pour s'en sortir.

Si on institutionnalisait les maisons closes, avec salaire et Sécurité sociale, imaginez votre fille vous dire après le BAC : « plutôt que d'être au chômage à la fin de mes études de communication, je vais vite gagner ma vie en faisant de la prostitution » !

En aucun cas, on ne peut légaliser la prostitution. Ce n'est pas un travail comme les autres.

C'est la perte de la dignité humaine.

Merci Mesdames...

Clap! Clap!   BRAVO!   clap!

Jeanne, je te présente Catel qui est auteure de Bande Dessinée.

Une femme qui dessine ? Quel métier original !

Figure-toi que je vais être une héroïne de bédé !

Ah bon ? FORMIDABLE !

Tu trouves ?

BENOÎTE GROULT MON ÉVASION

JEANNE CORDELIER MA RECONSTRUCTION

23-26 MAI 2010

9 Les amours de Benoîte

Maison de
Benoîte GROULT
- Hyères -

table de discussions (enregistrées avec Benoîte)

jardin

ma chambre

la rue

le bureau

Tu prends soin de tes filles... Et elles prennent soin de moi! C'est normal quand on s'aime non?

As-tu le sentiment d'avoir la même relation qu'avec ta mère?

Ah non! Enfin, j'espère! Je te l'ai déjà raconté, c'était compliqué...

Nicole m'aimait à sa façon, je crois. Moi, pas trop. Ma sœur l'aimait, elle.

Ma nurse avait réussi à me dégoûter de ma mère à cause de son maquillage.

Ça colle encore!

Berk!

Je décidai d'éviter le contact de la crème maternelle sur mon visage.

André! Rosie ne veut plus m'embrasser!

Mon père s'en mêla. Conclusion: mes parents m'ont jugée INAPTE à l'AMOUR.

EMBRASSE TA MÈRE!

Tu seras punie si tu ne le fais pas!

Tu vois, Rosie a un cœur de pierre!

À défaut d'aimer ma mère, j'admirais sa capacité à se faire AIMER.

Nicole, elle, m'aimait en me persécutant avec son ambition.

Il faut que je te mette des banderilles : tu es comme un petit taureau dans l'arène qui ne veut plus avancer !

Je te ferai saigner pour que tu avances !

Résultat : je me suis longtemps bloquée comme une mule.

Tu as un petit talent. Prends ta plume, Rosie, essaye d'écrire un poème !

Je finis tout de même par écrire une pièce de théâtre, laborieusement.

Je vais te corriger ça. Tu n'as pas l'art de la rime...

Puis on va monter une pièce. Je vais faire fabriquer un décor.

Je ferai les costumes.

Et tu vas jouer un rôle avec ton oncle Paul !

Le jour de sa représentation, je me sentis juste usurpatrice.

C'était pas mal... Même si tu joues comme un pied !

BRAVO !

clap ! clap !

Je me suis débloquée tard. À 40 ans seulement, je pris enfin confiance.

Il n'y a rien à corriger ?!

C'est parfait comme ça.

Ma mère eut enfin une vraie satisfaction : l'écriture est une forme d'art.

C'est votre "JOURNAL à quatre mains" ?

BRAVO mes filles !

Elle a pu être fière de la réussite de notre livre, malgré notre liberté de ton.

Il y a des éloges de vous dans la presse!

Mais dans le livre, vous ne parlez pas bien de moi.

Mais si...

Surtout Rosie... Tu ne sembles pas trop m'aimer!

Malheureusement, elle a aussi eu les premiers signes de sa maladie...

Qui a écrit ce livre? Rosie? Flora?

Les DEUX, maman!

Ah

BENOÎTE et FLORA GROULT Journal à 4 mains

C'est Alzheimer...

Celui que j'aimais sincèrement était mon père. De façon réservée, même austère. Mais nous avions les mêmes goûts et parlions le même langage.

«Macte animo generose puer.»*

Pater!

* Prends courage, généreuse enfant.

J'ai aussi eu de l'affection pour mon parrain qui me gâtait beaucoup.

Tiens, jolie Rosie, ce collier en perles de nacre pour que tu penses toujours à moi...

J'ai peu de souvenirs car nous avons cessé de le fréquenter après la mort de sa fille.

Ni toi ni moi n'avons le pied grec! Rosie le tient de Léon! Et il l'aime autant que sa fille Sylvie!

Tu délires, André! Et quelle est cette trace de rouge à lèvres sur ton col?!

la personne dont j'ai été la plus proche, celle que j'ai toujours aimée, était Flora. c'était réciproque.

Je t'aime parce que tu as voyagé à travers mon enfance. Tu es une pièce maîtresse de mon passé.

Notre amour est une mer étale et je n'imagine pas de tempête qui puisse soulever cette mer-là.

À l'instar de la FRATERNITÉ, nous avions la SORORITÉ: une complicité entre sœurs à toute épreuve.

Il faut bien se rendre à l'évidence, la privation donne faim!

La guerre sera pour nous d'épouser un manchot ou un cul-de-jatte!

la seule tension dans notre vie fut curieusement à un moment joyeux, la publication de notre JOURNAL.

Paul, NOTRE éditeur qui est aussi TON mari, a sabré mon texte!

J'ai juste enlevé les maladresses!

Tu avais 14 ans quand tu as écrit ton journal!

Je suis le FAIRE-VALOIR de Benoîte!

Mais nous nous sommes vite réconciliées avec notre roman commun, "Le féminin-Pluriel", puis nos succès respectifs.

BENOÎTE GROULT
Ainsi soit-elle

FLORA GROULT
Maxime ou la déchirure.

114

Malgré les aléas de nos vies _ mariages, divorces, éloignement, enfants _ nous avons gardé un amour indéfectible l'une pour l'autre.

Rien de tel que deux femmes pour parler de l'amour des hommes !

EXTRA GUINNESS
S¹ JAMES GATE DUBLIN

PUB

Flora est morte en 2001. Depuis, elle me manque.

On fait une petite pause ?

Il fait très chaud. On se croirait déjà en été !

Si on allait à la plage ?

Waou ! C'est bien raide, Hyères !

Ha ! Ha ! J'ai l'habitude !

Houlà, conduite sportive !

J'aime bien ma Twingo, elle est très maniable.

VROUM !

Ce domaine est immense! Tu sais où on va?

La sortie est au bout du chemin. La mer est juste là!

Je ne savais pas qu'on était dans un camp de concentration pour riches!

LA RÉCOMPENSE!

Attention aux méduses...

Quoi?!?

Tu as raison, c'était sportif!

HA! HA! OUI! Des kilomètres de marche, juste pour mettre les pieds dans l'eau! ha! ha!

Dis-moi, tu ne vas pas raconter ça dans ta bédé tout de même!

Alors... TES AMOURS ?

Tu enregistres ?

Oui, et je dessine aussi.

Quels ont été les hommes de ta vie ?

Ah! J'ai pas chômé. Ça remonte à 1943.

Benoît   24 mai 2010

Le Général de Gaulle veut honorer les héros de la Résistance française.

Une MÉDAILLE pour les pêcheurs de l'île de Sein!

Tandis que ma mère se prépare à me faire coiffer la Sainte-Catherine.

Le CHAPEAU pour les vieilles filles !

C'est l'année de mes grandes joies et de mes grandes souffrances. À Paris, il fait très froid... Les Allemands viennent de prendre Kharkov. Ils écartent la "menace Bolchevique" et prônent l'antisémitisme.

LES JUIFS DOIVENT ÊTRE EXTERMINÉS EN EUROPE ! IL FAUT ABATTRE TOUT CE QUI S'Y OPPOSE !

HEIL HITLER !

Il n'y a plus de charbon, plus de bûches, ni crême, ni œufs. On a des tickets de rationnement.

Ton salaire d'enseignante ne suffit pas. Tu peux rester ici, Zazate.

Merci maman. Je sais que c'est dur pour vous aussi!

J'ai cessé de fréquenter Robert et je me crois amoureuse d'un étudiant en médecine...

Il s'appelle Bernard. C'est le fils de l'écrivain Georges Duhamel!

Bravo! Beau parti, ma fille.

Tu peux l'inviter à la maison!

...Jusqu'au jour où il m'écrit qu'il vient de se fiancer à une autre!

Tu n'as rien vu venir? Bien sûr, tu ne t'intéresses qu'aux livres et pas aux ÊTRES!

Quel goujat! Quand je pense qu'il a mangé MES confitures... avec du VRAI SUCRE!

Alors que les hommes se font rares en ces temps difficiles, mes parents doivent mettre de l'eau dans leur vin.

Pierre Heuyer?

...l'UNIQUE prétendant restant sur les rangs.

Copain de Duhamel. Étudiant en médecine aussi!

... Et poète!

Il écrit des pièces à la manière de Jean Anouilh!

Pour mon malheur, mon futur beau-père-pourtant grand professeur de médecine-est petit, modeste et marié à une Russe alcoolique.

Rosie va épouser le fils d'une poivrote et d'un nain !

Pierre a un centimètre de plus que Rosie !

Et pour comble de malheur, alors qu'il s'apprête à rejoindre ses amis dans la Division Leclerc, mon amoureux tombe très malade.

C'est grave ! Pierre a une hémoptysie !

Il va être expédié au sanatorium.

Pauvre Zazate ! Tu vas te fiancer à un poitrinaire !

Au moins, il n'ira pas en Angleterre.

Pierre subit une cure isolée et intensive de huit mois à Sancellemoz pour se débarrasser de la terrifiante bactérie Bacille de Koch.

Courage mon amour ! Tu vaincras la tuberculose.

Puis nous nous marierons.

Oubliant le froid, les privations et la guerre, seules comptent nos retrouvailles chaudes et pleines d'espoir.

On va se fiancer! Et sur ma bague, je veux l'inscription: "liberté, égalité, fidélité"!

Je t'aime pour toujours, mon Idolâtré!

Mais alors que Pierre, rétabli, prépare son concours d'Internat, je tombe prématurément enceinte.

Quelques cellules embryonnaires sont entrées par effraction dans notre vie. Et comptent s'implanter en Moi!

Tu veux vraiment avorter?

Oui!

Je subis un curetage dans le cabinet d'un professeur réputé, ami de mon beau-père. En secret, en silence.

L'avortement est considéré par la loi comme une manœuvre criminelle.

Vous savez?

Désolée, Docteur! Je ne recommencerai plus...

Pendant que Pierre m'attend boulevard Saint-Germain, mon premier avortement se fait sans anesthésie.

Pas de chichis Benoîte, pense aux Résistants sous la torture!

Ça a pris Vingt Minutes.

Un verre de Cognac?

Comme « neuve », je redeviens une jeune fille qui peut songer à se marier bientôt en blanc.

Je te raccompagne chez tes parents ?

On leur dira que j'ai une crise de foie.

Le 1er juin 1943, je porte fièrement la superbe robe de mariée en jersey de soie confectionnée par ma mère.

DONG! DONG!

VIVE LES MARIÉS!

Mais très vite, Pierre est à nouveau infiltré par son ennemi intime : la tuberculose. Il repart dans les Alpes.

Ça se présente mal... Il a une nouvelle infection.

Terrassé par la maladie, il se bat à la Russe en me dictant des poèmes romantiques et déchirants.

Que penses-tu de ce titre, mon Idolâtrée : "la Leçon des Ténèbres" ?

Très beau, mon Moujik

Je t'aime.

Mon père va faire publier mes poèmes.

Mon époux décède d'une septicémie à 23 ans... Au moment où Paris est libéré !

C'est aussi le moment où les Américains arrivent en France, avec des médicaments qui l'auraient sauvé !

Maman ! Pierre est mort !

Ma pauvre Rosie ! Veuve à ton âge !

La pénicilline et le Rimifon auraient guéri mon fils...

C'est trop tard !

Avec le Débarquement, il est impossible de ramener le corps de Pierre à la capitale.

Les armées américaines déferlent sur la France et les armées allemandes refluent ! Que faire ?

Si on l'enterrait à la montagne, à côté de ma petite sœur Marion ?

L'enterrement de mon premier mari eut lieu à Saint-Gervais, à côté de ma première sœur. Coïncidence ou destin ?

Est-ce bien la fin d'une histoire tragique et romantique? J'en'arrive pas à m'y résoudre.

Philippe ressemble un peu à son frère, n'est-ce pas?

Dans l'atmosphère de la guerre, les idées les plus folles peuvent surgir.

En allant vite, nous pourrions faire passer notre bébé pour celui de Pierre...

Mon fils continuerait à vivre, ainsi ...

J'essaye de faire mon deuil en niant la mort. Je veux donner à Pierre une descendance posthume.

J'ai trois jours de permission avant de retourner en Alsace...

Éteignons la lumière et ne disons pas un mot, Philippe!

Il ne me reste que l'espoir de transmettre la vie pendant que les hommes la perdent au-dehors.

PAN! PAN!

Que peut bien peser l'ABSURDITÉ d'un petit geste d'amour individuel par rapport à l'HORREUR de la barbarie collective ?

Mais ma tragédie personnelle se poursuit : Philippe se fait tuer dans l'Est de la France. Je suis encore VEUVE.

Le destin, hélas, ne se force pas. J'ai été enceinte malgré moi et quand je le veux vraiment, c'est l'ÉCHEC.

C'est comme si Pierre mourait une seconde fois !

Tu portes peut-être tout ce qui me reste de mes deux fils !

Philippe Heuyer

La vie est une SALOPE !

Mais comment tu vas raconter ça dans des petites 'cases?!

Euh... Je vais essayer...

DING! DONG

C'est beaucoup trop compliqué!

Heureusement, le roman graphique, contrairement au format de bande dessinée classique, permet une distance dans la narration... DING! DONG!

J'ARRIVE! J'ARRIVE!

C'est mon ami et voisin le docteur Pierre Philip qui me cherche pour un apéritif chez lui...

Tu veux venir? Tu es invitée aussi.

Ah? Merci... Je complète mes notes et je te rejoins.

Il paraît, Benoîte, que vous allez être héroïne de bande dessinée!

C'est vrai?! Une B.D.?

Incroyable!

Je vais être plus exactement le sujet d'un roman graphique.

Comment dites-vous?

Ah?

C'est une sorte de narration dessinée.

...Avec beaucoup de pages, comme un roman.

Comme «MAÜS» de Spiegelman? Ou «Persepolis» de Satrapi?

Ah?

Différente d'un grand album en couleur...

Un peu, oui... En noir et blanc.

Ah, Catel, te voilà! Tu peux expliquer à mes amis ce que tu fais?

En ce moment, je réalise une bio-graphique sur Olympe de Gouges.

C'est sûr, ma vie est moins romanesque que celle de cette belle révolutionnaire!

Mais dès qu'elle lui aura coupé la tête, Catel va s'occuper de mon sort!

HA! HA!

HA! HA! HA!

WAF!

Apéritif
avec Laëtitia, Pierre et leurs amis
VILLA AMBROISE THOMAS
(maison du 18e siècle)
Discussion sur "LE ROMAN GRAPHIQUE"

ça se pardonne pas
la chienne des Philip   23/05/2010

chez Benoîte Groult

Table de galuchat
1930

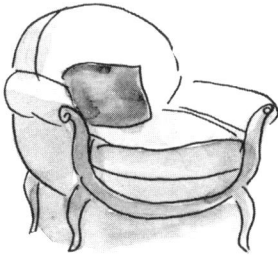

meubles
André GROULT

meuble Lison de CAUNES
en marqueterie
de paille

- 1er artisane
de France! -

Nicole par Zadkine

Reprenons où nous nous sommes arrêtées hier...

Tu me parlais de Philippe...

Philip... Pierre?

Non, pas ton voisin médecin, mais le frère de Pierre, ton premier mari!

Ah oui! À la fin de la guerre, il est mort...

Tu étais si abattue.

Mais en même temps, en 1944, pour la France, c'est la LIBÉRATION.

Moi, je me sens enfin Libre. Je suis indépendante!

Après une jeunesse difficile, c'est une sorte de parenthèse lumineuse qui s'ouvre...

Je ne suis pas faite pour le malheur. Je quitte mon poste d'enseignante de latin au cours Bossuet et entre à la Radiodiffusion.

Hello Miss!

Chocolat?

TUUUT!

Flora et moi parlons l'anglais et proposons nos services de guides bénévoles à Paris pour nos libérateurs.

CENTRE FRANCO·ALLIÉ

Miam!

Do you know ARC de TRIOMPHE?

Il faut avouer qu'à ce moment l'alibi culturel couvre d'autres aspirations, bien plus triviales...

EIFFEL TOWER.

324 mètres!

Are you going to the CRILLON with us?

Chocolat?

OK!

Les Américains éclatants et bien nourris contrastent avec nos pauvres pioupious de la débâcle.

HA! HA! HA!

À l'Indépendance Club, un festin à volonté attend les filles au bras d'un allié.

Du vin blanc!

Des gâteaux à la crème!

and cookies!

HA! HA.

Comme dans les contes, nous rêvons sur ces Princes Charmants illusoires qui regagnent leur caserne sur leur destrier de guerre chaque soir.

Bye Bye!

J'habite rue Raynouard et j'ai en tête, comme vertu de survie, de faire l'amour avec la Liberté.

Je fête la fin du nazisme en m'amusant au Crillon, tout en évitant le piège des sentiments.

L'impunité sexuelle, grâce à la "capote anglaise", me préserve chaque mois d'une grossesse et m'apporte une légèreté inimaginable.

MANIX

Bien que leur ignorance sur l'Occupation en France soit stupéfiante, les Américains nous amusent.

Pas de bois!
Pas d'eau chaude.
Pas d'électricité!
Pas de beurre!
Oh, my God!
Pas SAVON?!
Horrible!

Certaines filles sont réellement séduites et assez enivrées pour les épouser et se laisser embarquer.

Quoi! Tu pars vivre au TEXAS? Tu vas être transplantée dans une tribu inconnue!
Une femme doit suivre son mari.

Moi, je ne veux surtout pas être telle une captive de guerre antique ramenée dans les bagages des soldats victorieux!

Bye!

J'ai peur que Rosie ne tourne à la grue.
Mais non! C'est pour noyer son chagrin.

Je tombe pourtant sous le charme d'un de mes libérateurs qui est pilote d'avion! Il a l'allure d'un acteur américain.

Benoîte, I love you.
I love you, Kurt.
Veux-tu me marier? Vivre à l'Amérique?

Fils de boucher d'origine juive, Kurt Heilbronn a quitté l'Allemagne à 12 ans avec sa famille, sentant le danger dès 1928...

WELCOME!

Installé en Pennsylvanie, il commence par être apprenti-pâtissier avant de se passionner pour les forteresses volantes.

Do you know B 52?

What ?!

Beaucoup de différences apparaissent entre nous. Trop. Comment joindre nos deux mondes, si opposés?

Do you read books?

NO!

Plutôt que d'en faire un mari dans la réalité, j'ai préféré en faire un marin de fiction dans mon roman "les Vaisseaux du cœur."

Je t'aime, Georges.

Je t'aimerai toujours, Gauvain!

4LH

Malgré son incompréhension face à mon refus, malgré la distance et nos vies reconstruites, nous continuerons notre histoire.

I love you, Benoîte!

KURT!

Mon beau pilote me donne une chose très précieuse: LA CONFIANCE EN MOI.

Forte de ça, en 1945, je décide de tout recommencer : trouver un MARI et faire des ENFANTS !

Je travaille à la Radiodiffusion.

J'y rencontre un jeune homme très beau, très séducteur...

Voici Georges, notre nouveau GRAND REPORTER!

Très brillant, il est le boute-en-train de la rédaction.

Croyez-moi...

On n'est pas là pour rigoler...

J'ai besoin de folie et de stabilité. Il est irrésistible!

...Mais pour trinquer!

POF

HA! HA!

HA! HA!

Je pense, contrairement à mes parents, qu'on va bien s'amuser ensemble.

Joli garçon, mais très province!

Il a l'accent de Toulouse.

PLOUC est l'anagramme de COUPLE!

sans E!

HA! HA! hi! hi!

En mars 1946, par opposition aux principes familiaux et par obstination aussi, je me dépêche d'organiser mon mariage avec Georges DE CAUNES.

Pauvre Zazate; après un poitrinaire décédé, un camelot baratineur!

VIVE LES MARIÉS!

Sauve qui peut!

HA! HA!

Amoureuse aveuglément, j'ai du mal à réaliser qu'il préfère les soirées animées entre copains à un doux tête-à-tête avec moi.

Mais mon chéri, on devrait dîner tous les deux...

Calme tes ardeurs ! On dirait que c'est la première fois que tu te maries !

J'ouvre les yeux pendant notre voyage de noces dans le Tyrol où nous nous sommes piégés mutuellement.

Je préfère le faire dans le noir, Benoîte.

Tu peux au moins enlever le journal qui cache ton sexe, Georges. On ne voit rien !

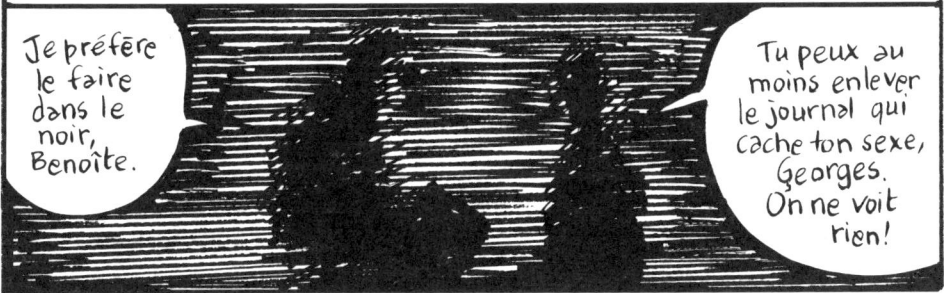

Mon mari me fuit de toutes les manières possibles, redoutant un quelconque partage avec sa femme.

On va skier, mon amour ?

PARIS-TURF

Tu vois bien que je suis occupé.

L'EQUIPE

CHEVAL MAGAZINE

Me voilà délaissée comme les misérables héroïnes de mes romans d'enfance, à côté d'un mari étranger.

Plus tard, Chouquette.

Je suis malade. Mes nausées confirment que je suis enceinte d'un mois. J'ai mal au cœur.

Tu skies trop vite! Attention, tu portes notre bébé!

Mais c'est à cause de l'autre cœur que j'ai mal, celui qui bat...

Du calme, maintenant! Tu es RESPONSABLE de notre fils.

Et si c'est une fille?

Ma seule issue: transformer le fiasco naissant en réussite. Et pour cela, m'adapter.

«Je résolus de prendre tes goûts».

CHOUQUETTE!

GEORGE SAND

En tous points, je dois devenir l'épouse idéale, celle qu'il ne pourra qu'adorer! J'adopte ses goûts.

Ça te dit d'aller voir un beau match?

Oh oui, mon amour! Je rêve de découvrir le rugby!

L'ennui, c'est que je dois oublier MES goûts. Et ses activités préférées sont plutôt de type "viril".

BRAVO!

J'ai la nausée!

J'abandonne ma personnalité pour me fondre dans la sienne. Je cesse toute critique - hormis l'autocritique-

Tu penses que les "Bas-bleus" n'expriment pas la vérité sur l'opinion des femmes?

Absolument, Chouquette! C'est toujours une tentative vouée à l'échec de singer les hommes.

Mon abnégation va jusqu'à accepter d'accoucher de notre premier bébé sans la présence de Georges.

On prévient le papa?

Plus tard... Il fait un reportage sur le Réveillon.

Ouiiin!

la survie du beau nom DE CAUNES avait été assurée jusque-là.

UNE FILLE ?!

C'est grave ?

Ma belle-mère s'était avérée très compétente en produisant des fils.

Tu sais, chez les Groult, le nom a disparu et pourtant... ON RECOMMENCERA !

Ma mission sera de donner un FRÈRE à notre petite Blandine.

Il s'appellera Fabrice.

Et si c'est une fille ?

Mais il faut d'abord se remettre à travailler car la vie est chère.

Grâce au tire-lait, Blandine peut prendre un biberon quand je suis à la Radio !

Tu ne voudrais pas plutôt rester à la maison et taper mes textes ?

J'échappe à mes fonctions animales en m'investissant professionnellement.

Rendez-vous à 5 heures

Et voici, chers auditeurs, un extrait du film « la Belle et la Bête » réalisé par Jean Cocteau...

En même temps, je suis rattrapée par ma condition de femelle reproductrice.

Georges...

Je suis enceinte.

Encore ? Tu l'étais déjà en allaitant Blandine.

C'est trop tôt !

140

J'agace rapidement mon marien étant victime à répétition des nouveaux arrivages d'embryons. Je suis trop fertile.

La sage-femme qui nous a aidés la première fois est à la retraite.

Débrouille-toi seule maintenant !

Tu n'avais qu'à bien te nettoyer à l'EAU de Cologne.

Il faut entrer dans les circuits clandestins car la loi de 1920 avait aggravé la répression de l'avortement.

UN Mois de salaire ?!

CONCIERGE

C'est le PRIX. Et surtout pas un mot !

4000 condamnations avaient été prononcées en quatre ans par le Régime de Vichy pour manœuvres abortives.

LIBÉRATION
Marie-Louise Giraud guillotinée

Marie-Louise Giraud, née Lempérière le 17 novembre 1903 à Barneville, guillotinée au matin du 30 juillet 1943 dans la cour de la prison de la Roquette à Paris par le bourreau Jules-Henri Destoumeaux pour AVORTEMENT.

Ma concierge "faiseuse d'anges" est arrêtée. La TROISIÈME fois, je dois donc me débrouiller seule.

C'est bien une sonde à poisson?

Oui, une ligne à lieu.

Articles de PÊCHE

J'apprends comment fonctionnent les organes reproducteurs pour utiliser mes outils de fortune.

Tu fais quoi, Chouquette?

C'est trop tôt pour une nouvelle grossesse.

ANATOMIE

ALCOOL

Dégoûtée et responsable de surcroît, j'avoue à mon mari mon projet "d'auto-avortement".

Ces histoires de bonnes femmes m'écœurent! Je pars en reportage.

Les aiguilles à tricoter sont douloureuses et difficiles à manier mais s'avèrent efficaces.

Ces pratiques clandestines mettent la vie des femmes en danger. J'en fais les frais la QUATRIÈME fois.

Votre femme a dû subir un curetage, monsieur De Caunes.

J'aurais pu mourir d'une hémorragie ou d'une septicémie. J'ai vraiment besoin de réconfort.

Tu dois me promettre de faire attention la prochaine fois !

Je tiens à toi, Chouquette !

La CINQUIÈME fois, ce n'est pas mon corps mais notre couple qui agonise.

Je suis enceinte.

ENCORE ?

Publius Syrius disait : "C'est l'esprit et non le corps qui fait durer les mariages."

Je garde le bébé !

Tu ne m'empêcheras pas d'aller au Groenland !

OUIIIN !

143

En 1948, Georges part rejoindre Paul-Emile Victor et ses amis des Expéditions Polaires pendant que j'accouche de notre second bébé.

C'est une jolie petite fille, madame De Caunes!

ouiiiin

Georges va être si déçu!

Il faut annoncer une nouvelle humiliante : la naissance de Lison à son père. Heureusement, c'est plus facile de loin.

Tiens Georges, un télégramme de ta femme c'est UNE FILLE!

ENCORE?!

Bah... C'est mignon, les filles!

Mon mari s'apprête à rentrer et le dernier message qu'il m'expédie du Groenland dissipe toute illusion d'un avenir radieux avec lui.

ouiiiin

« J'ai hâte d'être chez nous, Namour. J'espère trouver la maison belle et les enfants torchés... »

MAMAN!

« ... Et toi aussi, sois belle, mince, élégante pour recevoir ton homme légitime. Le pauvre Georges est bien fatigué, il faudra le gâter... »

« Et je te promets d'écouter sagement tes babillages. »

Je suis dévouée à mon mari corps et âme. Mais le corps sature et l'âme fatigue...

À mon retour, prends des précautions, chouquette!

J'ai très envie de toi. Il faut que tu évites qu'il nous arrive encore UNE TUILE!

Les préservatifs sont reservés aux prostituées. Un homme honnête ne se "préserve" pas avec sa femme.

Pas ce soir, Georges, j'ai la migraine.

Un "véritable" homme ne se laisse pas non plus contredire par sa femme, surtout en public.

C'est MOI qui ai RAISON, espèce de BAS-BLEU!

Le pire de Georges s'est exprimé avec un geste malheureux. Cette claque me donne le courage de rompre avec lui.

Je me suis EXCUSÉ, pourtant.

C'est trop tard.

On ne se sépare pas pour si peu!

Tu as pensé aux enfants?

J'aime MES FILLES!

Malgré ses tentatives de reséduction, nous finissons par divorcer. Georges n'est pas mauvais, il est juste resté un homme de SON époque.

Chouquette... Reste! Je t'aime!

Je ne t'aime plus, Georges.

Tu es dominateur. Tu ne changeras jamais!

Je m'occuperai des enfants, comme je le fais depuis le début.

Alors que ma mère, qui se réjouit de me voir recouvrer ma liberté, s'occupe de Blandine tombée dans une "dépression post-natale", je m'interroge sur ma nouvelle identité.

Pauvre Zazate !

Qui suis-je ?

Madame veuve Heuyer ?

Ex-madame De Caunes ?

Mademoiselle Groult ?

J'habite à nouveau seule, mais entourée cette fois de mes deux jolies petites filles et avec des souvenirs de mes anciennes amours. Je suis à nouveau indépendante.

J'aime bien Sophie !

LES PETITES FILLES MODÈLES
la Comtesse de Ségur

Je découvre bien plus tard son corps avec émotion: il est imberbe, dépourvu de ce chouïa simiesque qui me semblait synonyme de virilité.

Tu pleures?

Tu es si doux...

Paul fait naître en moi une amoureuse enfin bien dans sa peau.

Avec art, il arrive à louvoyer entre sa femme et moi.

Je dois y aller, mon amour...

Ma femme m'attend.

Il oscille continuellement entre sa femme et les femmes, le journalisme et l'écriture, son besoin de fuite et celui d'être pris en charge.

Impossible ce soir... N'oublie pas que je suis marié!

Bon alibi. Demain, alors?

RTF

C'est grâce au collier offert par mon parrain avant sa mort que ma vie bascule. Un jour, pendant une sieste clandestine, il se casse.

J'y tiens beaucoup!

Il faut retrouver toutes les perles pour les faire réenfiler!

Peu après, je récupère la seule perle manquante. C'est Paul qui me la rapporte avec la scène de ménage qui s'est ensuivie.

Ma femme l'a trouvée accrochée dans les poils de mon pubis!

ÇA ALORS!

ET ALORS?!

Le plus dur reste à venir : décider Paul à DIVORCER. Puis l'amener, tout naturellement, à se REMARIER avec MOI.

Je ne vois pas le rapport.

Un an plus tôt, Paul avait perdu dans des circonstances tragiques son petit garçon de deux ans. Je peux lui donner un nouvel enfant.

Je ne vois pas le rapport.

En plus du désir d'avoir un fils d'origine bretonne, j'ai envie de recréer une grande famille unie.

Si tu te remaries avec maman, tu nous feras un petit frère ?

Un DEMI-FRÈRE !

Euh... Je ne vois pas le rapport...

PETER PAN

Pour la première fois, malgré quelques remarques de bon sens, ma mère juge mon prétendant moins sévèrement.

C'est un Casanova. Il les aime trop toutes pour se contenter d'une seule.

Mais j'espère qu'il te rendra moins humble et te poussera à écrire !

HA! HA! !

151

Mariée, puis rapidement enceinte, j'accouche de mon troisième enfant en 1953 : Constance.

C'est NOTRE petite sœur !

DEMI-SŒUR.

Elle est rousse et frisée comme son père !

La journée, je reprends mon poste à la radio avec mon émission pour les femmes " à la maison ".

Comme chaque jour, notre « RENDEZ-VOUS À CINQ HEURES » !

Aujourd'hui, le dernier film de Jacques Tati...

Le soir, j'assume mon poste de mère de famille – sans lave-linge, ni petits pots bébé, ni couches jetables – et sans mari éduqué à participer au foyer...

LISON !

MAMAAAN !

OUIIIIIN !

On dîne à quelle heure ?

Pour compléter ce tableau familial idyllique, nous achetons une petite chaumière pour les vacances à KERCANIC.

MAMAAAN!

BLANDINE!

J'ai acheté une vieille barque!

QUIIIIN

Notre premier "bâteau", rebaptisé POTEMKINE, prend feu trois mois plus tard, alors que nous fêtons nos deux ans de mariage.

Vingt-quatre mois de fidélité conjugale, ça ne me ressemble pas!

Fini le feu sacré?

Ne t'inquiète pas pour la fidélité... Tu vas guérir de cette maladie-là!

Je dois faire le deuil de l'amour fusionnel. Nous avions fait un pacte avec PAUL: le mariage ne doit pas être le couvent.

Ensemble, mais indépendants, n'est-ce pas?

C'est la manière la moins meurtrière d'aliéner sa liberté à l'autre.

Libres comme Sartre et Beauvoir!

Jean-Paul un peu plus que Simone, non?

Paul ne me trompe pas puisqu'il ne m'a pas trompée sur lui-même. Il vit avec élégance et je reste volontiers aveugle.

BON VOYAGE!

Il est fidèle, à sa façon, aux choses de la vie: l'alcool, le tabac, les océans et ses amis navigateurs...

Seulement du Whisky SINGLE MALT.

CIGARE?

Il est fidèle à notre couple aussi. Nous formons un équipage qui, sans mots, lutte pour éviter le naufrage.

Paul a une aventure avec MA femme!

Avec Marie-Claire?!

Tu en es sûr, Jean?

Ça fait des années! Elle voulait même qu'il divorce mais il a choisi de rester avec TOI.

J'ai eu comme modèle de couple mes parents dont la relation fut parfois houleuse.

Arrête, André!

Léon est-il le père de Rosie? AVOUE!

Mais ils ont toujours surmonté leurs différends et ont été un couple amoureux jusqu'au bout.

Chérie, Cocteau est mort.

Qui est-ce?

C'est Alzheimer, Pater...

Je sais; et alors?

Ils ont même réussi leur mort: Ma mère est tombée dans le coma au moment où mon père a succombé à une maladie rénale.

Vous êtes la fille de madame Groult? Venez vite à la clinique!

PATER!

Nicole est décédée peu de temps après André. Leur enterrement eut lieu au cimetière Montmartre, ensemble.

ANDRÉ GROULT
1884 - 1966
NICOLE GROULT
1887 - 1967

1967. En plus d'un bel héritage artistique, mes parents me lèguent leurs valeurs morales.

Tu ne m'en veux pas trop pour Marie-Claire?

Est-ce que tu m'aimes?

C'est tout ce qui importe...

Cette même année, Paul connaît un grand succès littéraire. Nous le partageons.

« Les Choses de la vie » est ton meilleur roman !

Je pense que ça ferait un bon film...

Notre amour, pourtant teinté de jalousie, triomphe. Nous nous admirons et inspirons mutuellement.

Ton livre sur la condition des femmes est épatant !

Mais notre complicité intellectuelle ne m'empêche pas de penser à d'autres complicités... physiques.

Tu arrêtes d'écrire ?

J'ai rendez-vous chez le médecin...

Refroidie par les aventures de Paul, j'ai besoin de chaleur ailleurs.

Tu sais que j'ai toujours aimé les médecins, Pierre...

Pas besoin d'être cardiologue pour entendre battre ton petit cœur, Benoîte !

Je prends à mon tour MA liberté dans NOTRE couple. J'aime séduire et être séduite.

Le plus grand plaisir de ce meeting est le retour avec vous, Benoîte !

Merci... Je vous dépose où, cher François ?

156

Avant la campagne électorale de 1981, forte de mon succès éditorial qui me donne de l'assurance, je noue une amitié étroite avec François MITTERRAND.

J'ai les clés d'un petit appartement...

Allons-y poursuivre notre conversation !

Je présente le futur président de la République à mon mari socialiste qui devient un de ses amis intimes.

Paul, voudriez-vous être mon conseiller au gouvernement ?

Volontiers, François.

Dans volontiers, il y a volonté !

Nous resterons des amis toute la vie. François viendra même nous rejoindre en hélicoptère passer du bon temps ensemble dans notre petite maison en Irlande.

On ne peut pas dire que vous ayez le pied marin, François !

Difficile de gouverner sur un bâteau !

HA ! HA !

Je ne suis pas quelqu'un de très équilibré en MER !

Cependant, l'homme qui me comble d'amour charnel et de sentiments romantiques reste celui auquel je n'ai jamais cessé de penser.

KURT

Dans les années 70, j'avais été à New York pour une conférence sur les femmes. J'en ai profité pour recontacter mon bel aviateur.

On est tous les deux mariés, on a des enfants, mais...

Tu as été le pilote personnel de EISENHOWER ?!

Tu as lu mon dernier livre ? Vraiment ?

Ça serait dommage de ne pas se revoir...

Malgré ses réticences, mes arguments ont eu raison de sa résistance.

Nous sommes restés enlacés trois jours. Notre relation a repris là.

Mon histoire avec Kurt continuera d'exister, en pointillé, aux quatre coins du monde, lors de nos escales professionnelles.

Je suis une femme comblée : j'ai DEUX AMOURS. Complémentaires. Sans faire l'économie d'une certaine souffrance, je mesure mon bonheur.

« Les Vaisseaux du Cœur » est ton meilleur roman. Il va très bien marcher.

Qui est ce marin pêcheur ?

Tu es arrivée à garder les DEUX hommes de ta vie ?!

Oui.

Paul a été jaloux de Kurt, mais il a joué le jeu.

Il est resté avec moi jusqu'au bout alors que ses amis divorçaient pour partir avec des plus jeunes...

Et Kurt est resté mon amant...

Maintenant, ils sont morts...

Tous les deux en 2004 !

À la fin, Paul s'est enfoncé dans une dépression.

Et Kurt m'a écrit une lettre que sa fille m'a envoyée après son décès.

JE PEUX LA VOIR ?

Ah NON, pardon. C'est privé, bien sûr...

La voilà. Je l'ai pliée en 16 dans mon portefeuille

C'est magnifique !

Oh oui... On s'est aimés !

My Beloved Benoîte –
Wanted you to read these words, uttered by
me so often, once more – The Heart so
full of Love for you my Love, is now still
I am thankful for the fact, that I went
before you my Darling. Would have been
devestated to be in this world without y.
That would have been even more Hell, that
it had been all the years living apart from
you – Loving you from afar – dear beloved
I thank you again for the happy interludes
you gave me – the Love you shared. If there
is another time – another place my Benoîte
I want it at your side – yes? Yes Dear
I beg forgiveness from those, who I have hurt
by loving you – without Reservations –

J love you
Kurt
.

24 Mai 2010. Hyères.
nous avons parlé
pendant 3 jours. Nous
avons si — nous avons
aussi pleuré !
Avec amitié
Benoîte

escalier du premier → bureau de
Benoîte

le 24 mai 2010

Vue du bureau de Benoîte

1er- 3 Août 2010

10 La liberté de Benoîte

De Gouges... C'était un nom qu'elle s'était inventé. Même Olympe! Elle se prénommait Marie, comme tout le monde...

...Et Gouze était son vrai nom, veuve Aubry.

Elle n'était pas aristocrate. Elle s'est pris **la Liberté** de changer son identité!

Elle a eu tous les culots ! Elle demandait non seulement l'égalité entre les sexes...

... Mais aussi l'abolition de l'esclavage, l'égalité entre les Noirs et les Blancs...

... La recherche de paternité, la création de maternités, d'asiles pour les vieillards, de foyers pour les mendiants, d'ateliers pour les chômeurs...

et un statut pour les enfants nés hors mariage ...

Bâtarde elle-même, elle ne puise son féminisme dans aucune tradition...

Non, et en ce sens, elle invente le féminisme.

Vous dites ça dans votre B.D. sur Olympe ?

Il faut montrer qu'au XVIIIe siècle, les femmes n'avaient AUCUN droit !

Le mariage était une obligation. C'était aussi le seul moyen pour une femme d'être considérée comme une honnête épouse et mère.

J'ai envie de toi !

Maintenant ? Mais...

Tu es ma femme. Tu fais ce que JE VEUX.

Veuve à 17 ans, Olympe a élevé son fils seule et a décidé de ne pas se remarier pour garder sa liberté. C'était révolutionnaire !

Le mariage est le tombeau de l'amour.

Elle avait une espèce de pouvoir oratoire, une capacité d'invention. Elle a écrit et même fait imprimer ses propres proclamations.

« l'histoire de tous les pays prouve assez que LES FEMMES NE SONT PAS TOUJOURS UTILES »

Faute ! Pas "utiles" mais INUTILES !

Elle passait la nuit à faire des affichages comme un parti politique, finalement... C'était le parti des femmes !

Elle a pas tort la Gouges, elle veut qu'on a l'd'roit d'divorce !

CITOYENNES

Moi, j'pourra pas, mon homme y'm frappera dessus !

166

Forte de ses multiples idées de justice, Olympe a eu l'audace de demander le DROIT DE VOTE DES FEMMES en 1791, par sa Déclaration adressée à la Reine !

La femme a le droit de monter à l'échafaud. Elle a aussi le droit de monter à la tribune.

Quand je pense que j'ai été professeure de latin en 1944 et que je n'avais toujours pas le droit de vote !

Après la Révolution, il aura fallu plus de 150 ans en France pour obtenir ce droit !

Les femmes ont longtemps considéré leur absence de droit comme historiquement et socialement valable.

On a d'autres chats à fouetter !

C'est pourquoi je suis si admirative d'Olympe de Gouges ... Son intelligence d'abord, très intuitive...

FEMME, RÉVEILLE TOI !

Reconnais tes DROITS !

...Et aussi son courage. Avec elle, j'ai appris qu'on pouvait se battre, jusqu'à la mort, pour ses idées.

Citoyens, vous vengerez ma mort!

Ses propos restent en partie, hélas, encore très modernes...

...comme par exemple contre les violences faites aux femmes.

Tu te sens héritière de son combat en défendant sans relâche la cause des femmes?

Quand j'ai écrit "Ainsi soit-elle" en 1975, tout le monde m'a dit que j'avais du COURAGE de faire un livre féministe...

Quelle audace!

Tu n'as peur de RIEN!

C'est osé!

Après les événements de 68, ça m'a rapporté considération, notoriété et argent... C'est du COURAGE ça ?

UN MILLION de ventes !

Rien qu'en FRANCE !

HA! HA!

hi! hi!

VIVE LE FÉMINISME !

En revanche, quand j'ai publié et commenté les œuvres d'Olympe de Gouges en 1986, ça n'a pas marché.

Son langage d'époque est peut-être un peu trop compliqué aujourd'hui.

Si on trinquait à sa mémoire ?

Oh, oui !

Finalement, elle est toujours vivante !

Vive le féminisme !

Et le cidre breton !

ma
chambre

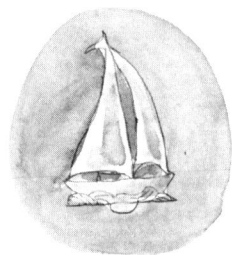

B. Groult gravé sur
voilu métallique doré
(sur porte chambre Lison)

Chambre de LISON(aux.ee à la courte paille!)

vue
sur
le
phare
et la
mer
(en se
penchant)

Quel charme! Je me suis réveillée avec le chant des mouettes et le moteur des petits bâteaux!

Je t'ai préparé un jus d'orange frais et des tartines grillées.

Mmm... Du beurre salé, c'est délicieux!

José-Louis et tes amis cinéastes sont bien rentrés hier soir? Ils étaient satisfaits de leur tournage?

Oui, formidable! Pour leur documentaire sur Olympe, ton témoignage était nécessaire.

Le temps est maussade.

On va rester dans la cuisine pour converser, non? On a la vue sur le port...

Parfait. Olympe.. le Finistère... le Féminisme. Cette association est intéressante car ici, c'est un endroit symbolique pour toi...

Oui, tout à fait! La Bretagne: c'est le lieu de mon émancipation.

C'est là que j'ai écrit « Ainsi soit-elle ? » J'ai pu exprimer ma conscience politique par rapport à la condition féminine.

Mais en réalité, c'est depuis mon enfance que je me suis sentie libre ici, loin de l'œil de ma mère d'abord, puis loin de la pression parisienne.

Avant guerre, je passais mon temps à lire chez mes Grands-parents à Concarneau plutôt que de subir des leçons de séduction à Paris.

Tu sais, ma petite fille, il faudrait que tu apprennes à broder, c'est très utile !

Mmm... C'est toujours mieux que des cours de Rumba !

Grâce à la lecture, je me cultive petit à petit pour ne devenir citoyenne qu'à 25 ans, en 1945... Olympe a enfin gagné !

On peut VOTER ?!

MAIRIE

J'avance néanmoins lentement. Je ne prends conscience de l'impact de certains livres fondateurs que bien plus tard.

« La parole est un acte subversif, la première étape de la Libération. »

On mange quoi, Chouquette?

SIMONE DE BEAUVOIR le deuxième sexe

Nous avons commencé, Flora et moi, à nous exprimer avec nos romans qualifiés de "littérature féminine".

Je me marie et pars vivre à Helsinki.

C'est un mal pour un bien...

Nous allons enfin connaître la solitude de l'écrivain.

J'ai envie cette fois de me servir de l'écriture comme langage politique, je veux apporter ma pierre à l'édifice du féminisme.

Personne ne m'a proposé de signer la déclaration sur l'avortement!

LE MANIFESTE DES 343 SALOPES?

Normal.

NOUVEL OBS

Pour le moment, tu n'es qu'une petite bourgeoise comme les autres.

J'admire la force de Gisèle Halimi qui renverse l'opinion publique sur l'avortement au fameux procès de Bobigny en 1972.

Ces femmes ne sont pas coupables, monsieur le juge, c'est votre Loi qui est coupable !

J'assiste aux premières réunions du M.L.F. avec les adhérentes en colère ; Paul me pousse alors à passer à l'action.

LES FEMMES SE RÉVOLTENT !

LE TORCHON BRÛLE

Voici notre nouveau journal!

BRAVO !

Oui !

Ma mère, de façon abrupte, n'avait pas tort sur tous les points. À plus de 43 ans, je décide enfin de prendre la parole.

Rosie, tu es une abrutie qui accepte son sort !

wouf ! wouf !

Je travaille sans relâche...
À la Bibliothèque nationale, j'étudie l'histoire des femmes.

Je découvre avec surprise et parfois stupeur la condition féminine dans d'autres civilisations.

ASMA EL DAREER
Femmes d'Islam
POURQUOI PLEUREZ-VOUS?

Je prends conscience de l'ampleur et l'horreur des mutilations sexuelles dans certaines cultures.

Dans l'indifférence générale, on nous présente ça comme une tradition religieuse.

C'est un rite pittoresque!

Explorateurs, ethnologues et reporters feignent de croire à une cérémonie initiatique pour jeunes filles...

La clitorectomie parfait la féminité des adolescentes.

Ce sont des histoires d'organes féminins.

On ne s'en mêle pas. On n'y connaît rien !

Même dans les associations féministes, on ne parle guère de ce terrible problème...

Il faut s'attaquer à l'essentiel: LA REPRODUCTION.

Oui!

On ne veut pas s'intéresser à ce petit "truc", uniquement voué au plaisir. Le clitoris, c'est indécent.

Nous devons rester maîtresses de notre UTERUS !

Oui!

À NOUS NOS OVAIRES !

VIVE LA PILULE !

Des milliers de jeunes femmes sont coupées, excisées, infibulées, sans aucune hygiène.

Elles deviennent infirmes.
Privées de plaisir, elles le sont
aussi de soin et d'écoute.

Je ne pourrai jamais avoir
d'enfant parce que les cicatrices
de mon sexe sont trop épaisses.

Mon
mari
ne veut
plus de
moi.

J'ai
honte!

Ces pratiques se voient même
en France dans les milieux
immigrés perpétuant "la tradition."

Votre
fille est
décédée
suite à
un problème
de santé?

Des fillettes meurent souvent
d'hémorragie, en toute discrétion
et sans intervention médicale.

D'un point de vue ethnologique,
nous n'avons pas le droit de
toucher aux COUTUMES religieu-
ses d'autrui.

L'AFFAIRE
EST CLOSE!

Fin des années 70, le scandale écla-
te enfin. Mais l'homme commanditai-
re de l'acte est absent au procès.

PRISON ferme
pour l'exciseuse
et la mère de
la victime.

Une avocate engagée, Linda Weil Curiel, plaide à ce moment les affaires d'excision pour aider les femmes refusant d'être coupables ou victimes de cette odieuse pratique.

Il faut abolir cette "COUTUME" barbare!

Et si on coupait le phallus des HOMMES?!

Forte de mon indignation face à toutes ces injustices et encouragée par Paul, je suis prête à joindre ma plume au combat mené pour la cause des femmes.

«Le Deuxième sexe» a déjà 25 ans...

Tu es mûre pour écrire ton essai sur le sujet aujourd'hui.

Mais je mesure vite que rien n'est jamais gagné pour la liberté, à l'air affligé de mon éditeur quand je lui expose ce projet qui me tient à cœur.

Pourquoi un livre féministe?!

Tu risques de perdre ta célébrité acquise avec tes romans.

Tu vas déconcerter tes lecteurs!

LECTRICES!

Dans mon entourage, le plus proche, on s'emploie à me décourager, voire me dissuader, d'entreprendre cette croisade.

Tes propos vont rebuter!

Ne te laisse pas entraîner à des positions excessives!

Ne parle surtout pas d'utérus et de clitoris!

Ça peut devenir répugnant!

Malgré une conjoncture favorable qui se confirmera avec "l'Année de la Femme" en 1975, le scepticisme triomphe.

Éditions Grasset & Fasquelle

Tu vas emmerder tout le monde avec ÇA!

Je pars m'isoler pour écrire « ÇA »!

C'est en Bretagne, pays de ma liberté, que je trouve l'énergie, le calme et l'inspiration pour écrire mon livre féministe.

Que penses-tu de « AINSI SOIT-ELLE » comme titre?

Paul! Tu viens de me faire cadeau d'un diamant gros comme le Ritz!

Avec mon titre locomotive contre le monothéisme, exclusivement masculin, je parle des traditions honteuses, l'analphabétisme et l'intégrisme.

Tu travailles déjà ?

100 millions de femmes vivent aujourd'hui avec un sexe mutilé, dans une trentaine de pays.

Il n'y a pas de temps à perdre.

Je dénonce un scandale majeur perçu jusque-là et dans divers milieux, comme un secret mineur.

MAMAN ! Tu travailles encore ?

2500 fillettes excisées rien qu'en France !

Pire que l'indifférence, je me confronte maintenant à la méfiance, à propos des mutilations issues d'un phénomène culturel.

SOS RACISME

C'est variable selon le régime politique et le poids des religions. Il ne faut pas confondre CULTURE et CIVILISATION.

L'argumentation subtile et néfaste prônant le respect des traditions de chaque ethnie conduit à des dérives inquiétantes.

Les sociologues estiment que nous ne devons pas intervenir.

Régis Debray dit que "le silence est la forme la plus civilisée du génocide?"

L'idée que les Droits Humains puissent varier selon le sexe, la race ou la religion est une forme de racisme.

L'exclusion des femmes, c'est de la ségrégation, comme l'Apartheid!

C'est plutôt le droit à la DIFFÉRENCE...

...SEXUELLE!

OS RACISME

Le fameux DROIT à la différence est, pour les femmes mutilées, un DEVOIR à la différence, donc le contraire de la liberté.

Les petites filles africaines ne sont pas égales aux nôtres?

Nous ne devons pas les protéger de toute atteinte à leur intégrité corporelle?

N'exagérons pas. Ce n'est pas de la TORTURE!

L'oppression des femmes, depuis longtemps, reflète plus globalement le pouvoir de la société patriarcale, celle qui écrit l'HISTOIRE.

" la femme est le champ génital de l'homme. "

" la femme et ses entrailles sont la propriété de l'homme. "

LE CORAN

CODE CIVIL NAPOLÉON

Heureusement, en 1985, après beaucoup d'hésitation, l'O.M.S. finira par prendre parti contre les mutilations.

Organisation mondiale de la Santé

l'excision, l'infibulation, ces pratiques sont catastrophiques pour la santé, la fécondité et la dignité de l'être humain.

En peu de temps, je suis passée de l'état de bourgeoise occidentale résignée à celui de féministe révoltée et engagée pour l'égalité des sexes.

Espèce d'ovarienne cauchemardesque!

Tu nous brises les couilles!

Syndicaliste de la ménopause!

Les insultes des mysogines qui paniquent à l'idée de perdre leur autorité congénitale n'atteignent plus les féministes.

Fini l'humiliation, messieurs !

Le féminisme n'a jamais tué personne. Le machisme tue tous les jours !

Mon essai dénonciateur _ qui sera le livre le plus vendu de toute ma carrière _ proclame que le féminisme est un HUMANISME.

Benoîte Groult

AINSI SOIT-ELLE

1975

Le féminisme délivrera enfin l'autre moitié de l'humanité de son esclavage millénaire !

Malheureusement, aujourd'hui, ce livre est toujours d'actualité, tant les droits des femmes restent bafoués à côté de ceux des hommes.

Wassyla Tamzali

Une femme en colère

2010

Il est temps de s'interroger sérieusement sur le retour des femmes voilées. Cela ne signifie-t-il pas le renoncement au principe d'égalité des sexes ?

Virginia Woolf disait que "l'histoire de la résistance des hommes à l'émancipation des femmes est encore plus instructive que l'histoire de l'émancipation des femmes.

les hommes ont peur du pouvoir naturel des femmes: ils sont terrorisés par leur beauté, leur séduction.

C'est pourquoi ils abusent de leur pouvoir naturel à eux: LA FORCE. Et ils font des femmes leurs esclaves.

Dès le Moyen Âge, certains d'entre eux n'hésitaient pas à faire porter une ceinture de chasteté à leur belle...

Je l'ouvrirai quand je reviendrai.

Mais vous partez plusieurs mois en croisade!

Et alors?

Puis, au cours de notre Histoire, certaines femmes oubliées, volontairement pour la plupart, se sont rebellées pour leur liberté.

Celui qui ne craint rien laisse au temps le soin de justifier sa conduite.

Olympe de Gouges

Le devoir maternel n'est pas l'unique devoir de la femme.

Buline Roland

On ne peut pas tuer l'idée à coups de canon, ni lui mettre des menottes !

Louise Michel

Leurs voix ont été étouffées. Considérées comme hystériques, dangereuses ou folles, elles ont brutalement été éliminées.

LA GUILLOTINE !

LE BAGNE !

Elles n'avaient eu que des revendications intellectuelles, sans avoir tué personne. Leur seul tort était d'être des modèles de pensée.

AU FEU LA SORCIÈRE !

HOU !

HOUOU !

De manière moins spectaculaire, l'oppression des femmes s'est faite depuis des siècles tout simplement, mais férocement, à la maison.

SOIS GENTILLE. Change-toi et parfume-toi...Tu sens le poireau!

Les mysogines, se croyant indispensablement supérieurs en tout, ont choisi la solution la plus dégradante pour leurs épouses.

SOIS BELLE et tais-toi!

Si la révolte des femmes a été lente et l'est toujours, c'est qu'il est difficile de faire la guerre à celui qu'on aime, avec qui on couche.

OUIiiiiN!

SOIS DÉVOUÉE à ton bébé... et à ton homme qui a sommeil!

Et pire encore, comment se battre contre celui dont on est dépendante matériellement? le problème persiste toujours.

SOIS CONTENTE, pauvre cloche, que je te garde!

Tu veux partir avec quel argent ?!?

Le seul droit qu'Olympe de Gouges ait eu la satisfaction de voir de son vivant fut le droit au DIVORCE... Supprimé dès 1816!

Le divorce est un poison révolutionnaire.

LOI BONALD

La Royauté veut rendre au mariage toute sa dignité dans l'intérêt de la religion, des mœurs, de la monarchie et de la famille.

Heureusement, sous la pression d'intellectuels et de femmes engagées comme Flora Tristan, une nouvelle loi est votée en 1881.

L'homme le plus opprimé peut opprimer un être, qui est sa femme. Elle est le prolétaire du prolétaire même.

Le divorce est rétabli.

LOI NAQUET

Puis arrive enfin le droit de vote pour les femmes en France, en 1944... bien après la Suède, le Canada ou la Turquie.

En tant que président du gouvernement provisoire de la République française, par l'article 17 de la Constitution...

GENERAL DE GAULLE

... J'accorde le droit de vote et l'éligibilité aux femmes.

C'est aux Etats-Unis que les citoyennes du Wyoming ont obtenu les premières ce droit pour elles, en 1869.

En Amérique, le sort des femmes a longtemps été lié à celui des Noirs. Ils réclamaient les mêmes DROITS.

An Act to Grant to the women of Wyoming Territory the Right of Suffrage and to Hold-Office!

ABOLITION DE L'ESCLAVAGE

FINI LE RACISME!

FINI LE SEXISME!

STOP À LA DISCRIMINATION!

la Ségrégation raciale des Noirs était comparable à la ségrégation sociale des femmes. Le confinement des uns se trouvait dans les ghettos, et les autres au domicile.

Pas de boulot pour les nègres et les bonnes femmes!

RENTREZ CHEZ VOUS!

Leurs revendications communes étaient l'abolition des inégalités sociales, politiques, juridiques, économiques et culturelles.

Le mouvement des Droits civiques est allé de pair dans les années 60, avec celui de la libération des femmes.

Un jour, j'ai réalisé que j'habitais un pays où j'avais peur d'être noire.

JOSÉPHINE BAKER

C'était un pays pour les Blancs

Pas de place pour les Noirs.

J'étouffais aux Etats-Unis.

Et pour les FEMMES NOIRES?

Nous sommes victimes à la fois du SEXISME et du RACISME!

BLACK FEMINISM

ANGELA DAVIS

Les mentalités ont bien progressé. Néanmoins, les relents de sexisme sont plus profonds et endémiques encore que le racisme.

HILLARY! Tu ferais mieux de repasser mes chemises!

HA! HA!

HILLARY CLINTON

HA! HA! HA!

Imagine-t-on quelqu'un criant à Barack Obama dans un meeting : « tu ferais mieux de cirer mes bottes!»?

En politique, les femmes ont du mal à trouver une crédibilité. Elles sont toujours remises à leur place.

Une femme n'est jamais considérée comme aussi compétente et valable qu'un homme.

De gauche ou de droite, aussi bien Ségolène Royal que Martine Aubry, Edith Cresson, Nathalie Koscusko-Morizet, Rachida Dati ou Clémentine Autin, elles racontent les vexations qu'elles subissent. On juge souvent leur compétence professionnelle à leurs tenues vestimentaires!

Toi qui défends si bien ton point de vue, comment as-tu fait de la politique?

C'était en 1981, quand notre ami François Mitterrand est arrivé au pouvoir...

190

Il nous a proposé, à Paul et moi, de jouer des rôles au gouvernement.

Paul a accepté d'être conseiller du Président. Mais moi, j'ai préféré m'abstenir.

Je ne me suis pas inscrite au Parti socialiste, mais j'ai toujours été ... une compagne de route.

Vous trouvez qu'il n'y a pas assez de femmes au gouvernement, chère amie ?

J'ai moi-même eu trop peu confiance en mes capacités à oser parler devant un auditoire masculin pour avoir un rôle politique.

... Je crois qu'en écrivant des livres, je serai plus efficace, cher François...

Vous êtes épatante, chère Benoîte !

Le premier secrétariat d'État à la "condition féminine" avait été créé par Valéry Giscard d'Estaing et attribué en 1974 à Françoise Giroud.

François Mitterrand va plus loin: il concrétise le MINISTÈRE DES DROITS DE LA FEMME et y place Yvette Roudy dès 1981.

Les femmes sont une catégorie à part et ce qu'il faudrait arriver à faire justement, c'est qu'elles cessent de l'être!

Je crée la loi Roudy pour le REMBOURSEMENT DE L'I.V.G.

Pendant trois ans, je travaille à ses côtés en présidant la Commission de féminisation des noms de métiers.

Le vocabulaire n'est pas un simple outil pour communiquer. C'est le reflet de nos préjugés et de nos désirs inconscients.

Le langage, c'est l'âme.

La langue est le fondement du symbolique.

Le langage est le miroir de nos rapports de force.

En fait, je ne suis pas un écrivain. Je suis UNE ÉCRIVAINE.

Comme une Châtelaine!

Rendre invisible dans le vocabulaire l'accession des femmes à de nouvelles fonctions, c'est une façon de les nier.

Nous voulons la RECONNAISSANCE.

Je ne suis pas, madame LE MINISTRE des DROITS de la Femme, mais LA MINISTRE.

Comme LA DIRECTRICE!

Pour les hommes, il est plus facile de s'accommoder des rares lacunes de langage qui ne les concernent pas.

Je ne suis pas monsieur le Sage-femme!

Le sage-homme?

Non! Je suis un MAÏEUTICIEN.

Et pour les femmes de ménage hommes, on dit quoi?

Notre commission -parce qu'elle s'occupait du langage concernant les femmes- est accueillie en 1984 par des éclats de rire.

Comment? Les Précieuses Ridicules vont papoter sur notre belle langue française autour d'un thé?

Delirium épars! Hi!hi!

Au secours! Voilà la CLITOCRATIE!

HA!HA!

BRAVO à la Commission de futilité publique qui entend ENJUPONNER le vocabulaire!

HO!HO!

LE MONDE

LIBÉRATION

FRANCE-SOIR

FIGARO

193

Que les hommes de pouvoir n'acceptent toujours pas l'avancée des femmes n'a rien de surprenant. Mais pourquoi certaines femmes aussi ?

ÉCRIVAINE, c'est laid !

Oui, c'est un mot affreux, avec "VAINE" dedans.

Dans écrivain, il y a aussi « VAIN »!

Même la prestigieuse Simone Veil qui préside alors le Parlement européen et dont j'espère le soutien, ne s'y intéresse pas.

Je me suis battue pour faire passer ma Loi qui dépénalise l'I.V.G.

La féminisation du vocabulaire n'a guère d'importance, je ne me battrai pas là-dessus.

Les femmes, en France, privilégient leur relation avec leurs hommes, marquées par la galanterie, en abandonnant le combat.

Ma mère est la DOYENNE de sa maison de retraite.

Ma femme est madame LE DOYEN de l'Université.

Elles sont toutes les deux merveilleuses !

L'anomalie dans le langage souligne l'anomalie dans la société. Chercher à féminiser n'est pas un caprice mais un besoin d'intégration sociale.

Il paraît que le langage évolue de lui-même, sans recommandations. FAUX! La langue française n'a jamais cessé d'être codifiée, rectifiée.

Pour madame le Recteur, on dira madame LA RECTALE ?!? HA! HA!

L'intelligence n'a jamais préservé de la vulgarité...

Bravo, monsieur le Cardinal Richelieu, pour la fondation de l'Académie Française!

Elaborons un DICTIONNAIRE.

Depuis longtemps, des commissions de linguistes spécialistes de chaque discipline ont forgé des mots acceptables adaptés aux réalités nouvelles.

Notre commission de féminisation n'invente rien. Elle reprend le fonctionnement des qualifications d'autrefois, comme au Moyen Âge.

...À faire entrer dans l'usage : UN COMPUTER. Un va dire : UN ORDINATEUR.

Je suis abbesse.

Je suis tisserande.

Je suis diaconesse.

Les Canadiens sont plus réactifs que les Français et ont su faire évoluer leur langue. Les Droits de l'Homme sont devenus les DROITS HUMAINS.

Notre modèle est celui d'Eleonor Roosevelt avec the HUMAN RIGHTS.

Québec Canada

l'expression "les Droits de l'Homme" vient de la Révolution française qui écartait juste-ment les femmes de la citoyenneté.

Louise Beaudoin, déléguée générale du Québec en France, a été la premiè-re à obtenir par Laurent Fabius le titre de CHEVALIÈRE de la légion d'Honneur.

François... J'en ai pas eu l'honneur d'être nommée chevalière!

Désolé Benoîte, j'ai pas pu...

CLAP! CLAP! CLAP!

BRAVO!

CLAP!

Mais les idées en germe finissent par mûrir un jour. En 1990, le Conseil de l'Europe publie une circulaire sur "l'élimination du sexisme dans le langage.»

Il est recommandé à tous les Etats membres d'adapter le vocabulaire à l'autonomie des deux sexes, le principe de base étant que les activités de l'un et l'autre soient visibles au même titre.

Aujourd'hui, le dictionnaire prescrit la féminisation des métiers et beaucoup de préjugés commencent à être vaincus.

Je suis factrice.

Je suis agricultrice.

Je suis sculptrice.

Tu as finalement eu un impact fort en politique. Et ton livre " Ainsi soit-elle " a été un tremplin ...

Hormis les mysogines qui sont toujours dans le rejet, j'ai eu des milliers de lettres et d'encouragements qui m'ont donné confiance.

Le combat et le succès m'ont ouvert des portes. J'ai rencontré des personnalités engagées, fondé un magazine féministe, pris part dans les comités du Droit des femmes.

J'ai seulement regretté de n'avoir eu aucun signe de Simone de Beauvoir dont l'essai " Le Deuxième Sexe " était mon livre de référence.

Beauvoir m'avait-elle lue? Peut-être étais-je trop décalée avec mon style pamphlétaire de son ton universitaire? Ou était-elle trop âgée pour y prêter attention? Moi, j'étais trop timide pour lui demander!

On ne naît pas femme. On le devient.

COMITE INTERNATIONAL DES FEMMES
1979

SIMONE DE BEAUVOIR
ANNE ZELENSKY
BENOÎTE GROULT
COLETTE AUDRY

En revanche, Gaston Defferre m'avait écrit qu'il avait tout aimé dans "Ainsi soit-elle": le style, la pensée, la violence parfois, la documentation, la force... et l'humour aussi!

Ah oui, l'humour, c'est très important.

Il faut un certain degré de liberté pour rire de soi et des autres!

L'humour est une vraie conquête pour les femmes. Par exemple, Claire Brétécher, elle a su être grossière... FORMIDABLE!

Avec ses "Frustrés", elle a guéri bien des femmes de ce terrible esprit de sérieux qu'elles se croyaient obligées de cultiver.

J'ai l'impression qu'en quelques années, les choses ont plutôt bien évolué... Mes filles n'ont pas la même vie que moi.

Grâce à l'indépendance financière et à la contraception, les deux mamelles de notre liberté, les rapports de force ont été bouleversés dans la vie privée, non ?

Tout à fait !

Les statistiques montrent que maintenant, le divorce est demandé en majorité par les femmes.

Oui... Dommage qu'en politique elles ne soient toujours qu'une minorité. On est loin de la parité !

Mais ça progresse : autour de 20% en 2010.

Malheureusement, c'est à partir de 31% de représentation que les femmes peuvent exercer une influence.

Malgré la loi votée en 2000 pour la parité, les entreprises préfèrent payer une taxe élevée plutôt que de travailler à égalité avec des femmes !

En 1975, Françoise Giroud réalisait déjà à contrecœur qu'il faudrait instaurer des quotas pour se faire entendre.

La parité ne peut être une revendication intellectuellement satisfaisante.

Mais c'est tristement raisonnable.

Il faut se résigner aux quotas, tactiquement, pour les femmes.

Bien sûr, les hommes se cachent hypocritement derrière le principe d'indivisibilité de la République pour empêcher l'accession des femmes aux postes de responsabilité.

C'est NON, même provisoirement.

Les quotas sont discriminatoires envers les hommes!

Et l'Assemblée législative sera moins compétente.

Certaines femmes refusent aussi ce mal nécessaire. Elisabeth Badinter estime, en plus d'être anticonstitutionnelle, que cette mesure serait nuisible aux plus méritantes.

Je suis profondément humiliée par l'idée des quotas.

Moi, je suis profondément humiliée par l'idée que la France soit la DERNIÈRE démocratie d'Europe pour la représentation des femmes dans les assemblées !

Quand on pense que les Françaises n'ont eu le droit d'avoir leur propre compte en banque, d'utiliser leur chéquier et d'exercer une profession sans l'autorisation de leur mari qu'à partir de 1965, on réalise combien les progrès pour l'égalité sont lents !

Si les femmes ne sont pas bien représentées en politique, on n'arrivera pas à l'égalité des salaires !

Et nous ne sommes pas une "catégorie" de la population. On nous donne souvent ce lamentable argument.

Nous ne sommes pas la catégorie des Musulmans, des homosexuels, ou des handicapés...

Nous sommes dans TOUTES les catégories ! Les femmes sont la moitié de l'humanité.

Ceux-là revendiquent leurs propres droits.

Et chacun et chacune a droit au destin dont il se sent porteur et pas uniquement à celui dont son sexe le crédite ou lui impose!

Absolument.

Tu ne veux pas faire une sieste, Benoîte?

Une sieste? Pour quoi faire?!

Et toi, Catel, tu prends des notes et tu dessines...

Tu ne t'arrêtes jamais?

Non, jamais, comme toi!... Ou presque...

C'est agréable cette chaleur. On l'attendait, cet été!

rez-de-chaussée, chambre "rouge" à lucarne

1st étage: chambre "bleue" (une chambre)

Ça me désole un peu ces magazines féminins. Pas toi ?

C'est l'image des femmes d'aujourd'hui ? Des "Tops" anorexiques sur talons aiguilles ?

On n'ose plus dire que marcher avec ça, c'est une catastrophe pour les vertèbres !

Le féminisme est devenu ringard. On est revenu au culte de la beauté... Et de la superficialité !

Quand je pense que nous avions créé, avec Claude Servan-Schreiber au moment où c'était à la mode en 1978, un vrai magazine féministe...

On va parler d'autre chose que de fesses, de culottes de cheval et de rides !

Et d'autres sujets que les bons trucs "pour piéger son mari"!

205

Nous avions des signatures de personnalités qui écrivaient et illustraient F. MAGAZINE avec pertinence et impertinence.

Paule Jacques
Marie Cardinale
Nicole Chaillot

Martine Storti
Françoise Salmon
Nicole Bamberger
Henriette Bichonnier

Le premier numéro avec Claire Brétécher en couverture, la REINE de la B.D. ?!

La REINE de la SOCIOLOGIE tu veux dire!

Il y avait un vrai désir des lectrices de trouver divers articles avec de l'audace, et de l'humour aussi.

LES FANTASMES MASCULINS!

« les vieilles peaux » deviennent « les belles gueules »!

HA! HA!

Mais cette mode est vite passée. Le magazine a été rebaptisé le nouveau F, avec comme nouvelle formule les vieux clichés vendeurs...

Le magazine a retrouvé la confiance des publicitaires qui réinvestissent!

Je m'en vais DALIDA

Philippe SOLLERS aime les femmes

VOTRE POIDS POUR L'ÉTÉ

Les Françaises veulent tellement plaire aux hommes...

On est passé de la « Femme libérée » de la fin du XXe siècle, à la « femme reféminisée » du XXIe siècle.

Les jeunes filles actuelles sont poussées insidieusement vers des stéréotypes et les valeurs sécurisantes d'antan.

Je vais travailler.

Je m'occupe des enfants.

Contrairement à ce que disait Beauvoir, elles croient NAÎTRE femmes, en incarnant naturellement l'amour et la beauté.

Tu ne manges rien ?

Non, ma chérie ... Je veux rester une belle maman.

Elles acceptent les vieilles recettes déguisées en progrès de la COMPLÉMENTARITÉ des rôles en fonction du sexe.

Malgré tout, les femmes ont le choix aujourd'hui.

C'est vrai.

Il faut reconnaître qu'elles arrivent souvent à tout conjuguer. C'est dur! Je les trouve courageuses!

Très juste. Elles arrivent même à choquer, parfois!

Elles ont tiré les leçons de leurs mères et sont beaucoup plus libres de parole.

Ah bon?!

Par exemple, il y a quelque temps, j'ai vu une affiche dans le métro... J'ai bondi!

LES MONOLOGUES DU VAGIN DE EVE ENSLER

En grosses lettres : VAGIN. Dans le métro! J'ai trouvé ça OBSÈNE.

Je me suis sentie frappée dans ma dignité.

Moi-même, j'avais osé écrire sur le sujet mais jamais osé prononcer VAGIN oralement. Mon éducation catholique sûrement.

J'ai vite foncé chez mes filles pour avoir leur avis sur ce "MOT".

Ça n'a rien de "sale" ce mot qui désigne un organe, maman!

C'est tabou parce qu'il s'agit du sexe féminin?

Tu veux quoi à la place : "Tuyau"?

Sois une vraie féministe!

En 1968, Beauvoir avait écrit un article sur Djamila Boupacha torturée par des Français en Algérie.

Ils lui ont enfoncé des bouteilles dans le vagin.

Le rédacteur en chef du Monde l'a rappelée pour lui demander de changer le mot VAGIN qui était trop dégoûtant.

Alors?

Elle a mis "VENTRE" à la place, mais ça n'a rien à voir!

Ma dernière délivrance a été cette pièce que j'ai vue 3 fois... les vagins parlent, c'est FORMIDABLE!

HA! HA!

HA! HA!

C'est incroyable! On dirait la caverne d'Ali Baba... Constance a produit énormément, en seulement quelques années!

Il y a encore beaucoup de tableaux au fond... Je vous montre?

Puis on ira la voir dans sa petite maison, la rue à côté..

Cette jument gris pommelé était une pure beauté terrestre!

On n'a pas que le dessin en commun, Constance, on a les chevaux aussi!

Tu es aussi cavalière, Catel?

J'adore les animaux.

Ah oui... Et surtout les chevaux.

Constance nous a donné du fil à retordre. Enfant, elle fuguait, même en Bretagne, la nuit...

... Pour aller se coucher dans l'écurie d'un vieux cheval de labour!

Tu as vraiment fait les 400 coups! Ça nous a donné des sueurs froides à Paul et moi.

Vous étiez sévères avec moi. Surtout papa!

Tu te souviens quand tu étais à l'école primaire, Paul a été convoqué par la directrice à cause de ton comportement!

Elle est tombée des nues quand elle a su qu'il était écrivain.

Sur les fiches de renseignements, tu avais mis «profession: GENDARME»!

C'est parce qu'il me grondait.

Parce que tu mentais!

À huit ans, je suis morte.

Quoi?!?

De peur.

Ton père était en colère. C'est normal!

Parce que j'avais volé UN FRANC.

Le problème, c'était moins le franc volé que le mensonge.

C'était rien, un franc.

C'est le PRINCIPE! Si tu avais au moins avoué!

Euh... c'était pour acheter quoi ce franc?

Les aventures d'AKIM...UNE B.D.!

Quand mes parents ont vu ça, ils l'ont jetée à la poubelle en disant que c'est pas de la LITTÉRATURE!

Au revoir Catel!

À bientôt, maman!

À Demain, ma chérie!

VROUM!

Mais oui, je pense toujours que la B.D. c'est pas de la littérature!

Peu importe, Benoîte, c'est de la lecture!

Lire les aventures de ce type à moitié nu dans la jungle qui parle aux animaux? RIDICULE!

Akim est un classique de la bande dessinée populaire.

C'est une sorte de TARZAN à l'agilité, à la rapidité extraordinaires et d'une force surhumaine! De quoi faire rêver quand on est enfant.

Oui, un héros pour les illettrés!

Moi aussi, je lisais AKIM, petite. Et ça ne m'a pas empêchée de lire Benoîte Groult après!

Ah oui?...

Catel! Regarde ce que j'ai trouvé ce matin dans ma boîte aux lettres!

Je reçois ce même courrier régulièrement.

Une pub pour une baignoire de plain-pied... avec ce slogan encourageant...

« LA VIE NE TIENT QU'À UN FIL ».

À partir d'un certain âge, c'est normal, ils se disent qu'un jour ou l'autre, j'en aurai besoin.

« Avant de faire une chute » écrivent-ils!

Eh bien NON. Pour MOI, ça sera APRÈS avoir fait une chute!

Depuis quelques années, je réfléchis beaucoup à la vieillesse. Surtout depuis la mort de Paul.

Je suis préoccupée par l'injustice physique et psychologique dans cette épreuve... Tu ne recules devant aucun tabou!

Mais au contraire! Et c'est même devenu un sujet à la mode, la vieillesse!

Vraiment?

Bien sûr! Il y a de plus en plus de vieux.

C'est un phénomène nouveau, tous ces retraités qui ont un sacré pouvoir d'achat.

C'est un problème pour les jeunes: les vieux sont la preuve que le monde fonctionne mal. Ils sont en surnombre! Ça crée une rancune.

Qui va payer les retraites?!

Il n'y a plus de respect pour les anciens, comme avant.

Ecoute mon expérience, petite!

CHHHT!

Les jeunes hommes évitent même toute galanterie avec une femme âgée.

Et hop!

Je ne drague pas les vieilles peaux!

C'est le règne du jeunisme. Ça entraîne la peur d'un malentendu sur les intentions.

D'un autre côté, la vieillesse est de moins en moins visible.

Surtout chez les femmes qui ont l'air d'être de plus en plus longtemps jeunes et jolies.

C'est vrai. Nous sommes responsables aussi!

Toi-même, tu ne fais vraiment pas ton âge...

J'avoue avoir eu recours à la chirurgie esthétique...

...Sans honte...

Pourquoi laisser les rides se creuser au prétexte d'être féministe?

Au contraire, soignons notre image!

La difficulté pour nous est de chercher à correspondre au plus près des canons de la beauté, divulgués dans la presse "féminine"?

Quelques injections de Botox vous donneront l'air plus jeune et moins fatiguée.

AVANT

ESTHER

216

Sans même vouloir séduire un homme, nous voulons nous conformer à une esthétique "idéale".

Grâce à la chirurgie, j'ai retrouvé un visage et une poitrine de jeune femme.

À un certain stade, nous ne faisons plus que de la RÉSISTANCE esthétique.

Docteur, aidez-moi juste à ne pas avoir l'air d'un fossile!

À force de ne pas vouloir ressembler à nos grand-mères, nous souffrons de la comparaison avec nos petites-filles!

Vous ne vendez pas de culottes?

Nous ne faisons que des STRINGS, madame.

la mode est inexistante pour les personnes âgées. Fini les grandes couturières d'antan!

COCO CHANEL

JEANNE LANVIN

ELSA SCHIAPARELLI

Aujourd'hui, la mode est faite en grande partie par des couturiers à tendance fétichiste.

MODE

Vous n'avez rien de moins... sexy?

On a beau faire des efforts, il y a un moment où on ne trompe plus personne, à part soi-même...

Miroir, suis-je encore la plus belle?

On a la sensation de devenir progressivement Has-been...
On finit par devenir des êtres transparents.

On se ferait peut-être mieux remarquer en étant infirmes.

BANDE DE **MALOTRUS**! J'AI DROIT À UNE "PLACE HANDICAPÉE"!

Ah, c'est sûr, la vieillesse c'est pas glamour!

Et pourtant ton livre, La TOUCHE ÉTOILE, a connu un énorme succès.

La vieillesse, c'est l'avenir de TOUS!

C'est grâce à ton humour?

Peut-être qu'on n'en meurt pas si on en rit.
C'est moins angoissant...

Il y a une autre question qui se pose, et c'est la plus dure, qui est celle du MOURIR.

Comment affronter la mort?

On n'aime pas parler de ça, mais c'est indispensable!

Je pense au droit de diriger sa mort comme sa vie, sans se la voir imposer par un médecin ou sa famille qui veut vous garder à tout prix.

Tu parles de l'euthanasie?

Oui, ce n'est pas un crime.

La Hollande, la Belgique, la Suisse, le Luxembourg ont déjà voté une loi pour le Droit de Mourir dans la Dignité.

Je vous ai tous réunis...

J'ai tout organisé pour mon départ...

En France, un médecin risque sa carrière pour son aide à mourir.

Tout ce que je peux faire, c'est arrêter l'acharnement thérapeutique.

On a peur des abus. Lesquels? Quand les gens deviennent des légumes?

Vous voulez accélérer les choses pour l'héritage?!

Les abus sont plutôt à craindre du corps médical : la vieillesse rapporte et fait évoluer la recherche.

FORMIDABLE! Nous allons pouvoir comparer nos différents cas d'Alzheimer!

Je les range dans le dossier « maladies phase terminale » ?

J'ai refusé de me voir confisquer ma vie de femme...

J'aimerais bien refuser aussi celui de me voir confisquer ma mort.

Depuis un demi-siècle, tu te bats continuellement pour disposer de ton esprit comme de ton corps... LIBREMENT... Jusqu'au bout!

Oui. Et je continuerai à me battre au maximum, en évitant de contracter une maladie.

...À commencer par la vieillesse qui en est une en soi!

Tu m'as dessinée?

Non, j'ai croqué un de tes amis d'ici...

Le goéland, avec son œil si dur à la Hitchcock...
Benoîte (qui en a apprivoisé un!)

220

Je vais prendre soin de mes roses, maintenant.
Tu viens les voir? Elles sont MAGNIFIQUES!
Oui, avec plaisir... Mais d'abord une petite baignade au pied de la maison.
Il fait si chaud... Merci de me faire profiter de ton petit paradis, Benoîte!
Je t'offre la mer et elle ne m'appartient pas!

Ça rafraîchit!

Tant mieux. Moi, ça me détend de m'occuper de mes fleurs... avant que je me remette au travail!

Un nouveau livre?

Oui, le dernier sans doute. J'aimerais raconter mes histoires de pêche avec Paul...

La mer... C'est le secret de ta forme?

Oh, c'est la loterie génétique d'abord! J'ai eu plus de chance que Paul sur ce plan...

Après, c'est une discipline de vie.

C'est vrai que la pêche nous a dynamisés tous les deux.

Nous formions un bel équipage...

Vois-tu un avantage à vieillir?

Mmm... C'est un voyage de plus dans l'âge, donc un sujet d'intérêt nouveau.

Il y a aussi tes succès littéraires. Ça stimule, non?

Oui, c'est sûr: être désirée, c'est une grande chance, surtout à mon âge!

Les objets auxquels Benoîte tient le plus dans sa maison Beg Rondon

Cœur en
granit.
Nicole Groult
à Benoîte :
" Rosie a
un cœur
de pierre"

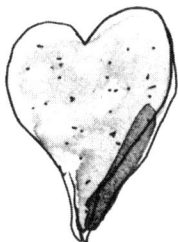

MIROIR
acheté avec Flora
Brocante de Londres
Portobello rode

Bahut André GROULT
meuble chêne brut naturel,
double face sculptée (2 parties basse & haute)

baromètre en laiton
des parents de
Paul Guimard
à rythmé toutes les pêches
en Irlande. Ne tombe
jamais en panne ! -

11 NOVEMBRE 2010

11 Constance en Brocéliande

C'était une priorité. Je voulais absolument être là !

Est-ce bien raisonnable, Benoîte ? Avec une occlusion intestinale ?!

Moi qui suis toujours en forme, c'est la première fois que je me suis retrouvée hospitalisée !

Et le médecin t'a laissée quitter Hyères pour aller en Bretagne ?!

Oh, je me suis enfuie ! Je fais juste une PARENTHÈSE dans ma convalescence !

Je ne pouvais tout de même pas rater cet événement à Brocéliande !

EXPOSITION DE PEINTURE
Constance Guimard
du 8 au 28 novembre 2010

Invitation au vernissage
le vendredi 12 novembre 2010
de 15h30 à 17h30 à la salle Gauvain

Office du Tourisme du pays de Mauron

Tréhorenteuc

Ouvert tous les jours de 9h à 12h30 et de 14h à 17h30
Tél. : 02 97 93 05 12

Ce qui m'ennuie, c'est que Constance est malade aussi...

J'espère qu'elle viendra !

Regardez ce courrier que je viens de recevoir de Frédéric Mitterrand : il me propose une MÉDAILLE !

Il écrit bien COMMANDEUSE de la Légion d'honneur et non COMMANDEUR. Il y arrive mieux que son oncle !

C'est toujours dans le domaine du prestige que ça coince pour les femmes parce que dans le domaine de l'injure, on n'a jamais eu de mal à les qualifier d'emmerdeuses !

HA! HA!

Hi! Hi!

Ah... On s'approche... On reconnaît le temps breton ! Vous n'avez pas faim ?

J'imagine que tu dois faire très attention à ce que tu manges, Benoîte...

Le médecin m'a prescrit un régime drastique à base de légumes... C'est déprimant. Mais j'ai de quoi me réconforter.

Claire, Catel, Jacques... Une truffe au chocolat ?

Quoi ?!!

Goûtez, elles sont délicieuses !

228

229

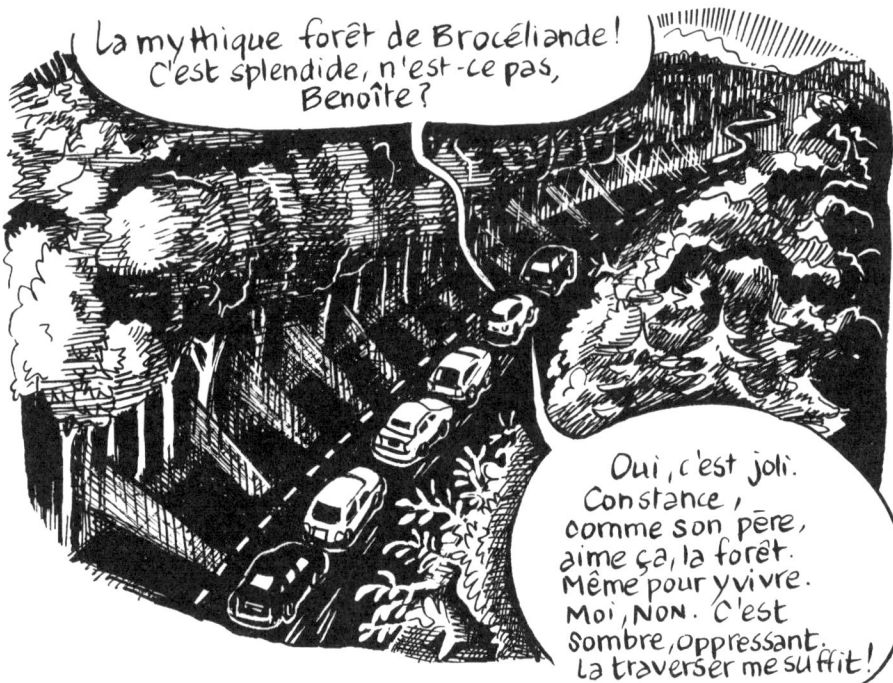

La mythique forêt de Brocéliande! C'est splendide, n'est-ce pas, Benoîte?

Oui, c'est joli. Constance, comme son père, aime ça, la forêt. Même pour y vivre. Moi, NON. C'est sombre, oppressant. La traverser me suffit!

Chers amis, c'est avec grand plaisir que nous vous accueuillons dans la plus petite commune du Morbihan...

Nous sommes réunis au cœur des légendes de la Table Ronde, dans la salle Gauvain la bien nommée...

... Gauvain étant le prénom du héros de Benoîte Groult dans «les Vaisseaux du Cœur.»

AKIM
N° 2013
BIMENSUEL - 100 PAGES - 1 F

C'ÉTAIT À PRÉVOIR! IL EST LÀ-HAUT DANS LES ROCHERS... NE BOUGEZ PAS, J'Y VAIS.

Constance, comme moi, était une petite fille lectrice de B.D., dont une très en vogue au milieu des années 60-70: "AKIM."

... Humains, animaux et nature en fusion, de quoi développer un certain imaginaire!

Constance explore à présent, avec spontanéité et sincérité, de façon très personnelle, des territoires graphiques dans un univers onirique...

Avec des lignes et les couleurs, elle signifie l'essentiel: LE RÊVE. Voilà ce qui m'a touchée en découvrant l'artiste dans son atelier de Trémeven.

Nous partageons aujourd'hui cette rencontre au sein même de Brocéliande, dans le pays de cœur de Constance, dans "sa jungle"?

Je vous invite à découvrir ses peintures et à en ressentir toute la poésie...

Bravo! clap! clap! clap!

FORMIDABLE! Plus d'une dizaine de tableaux ont déjà été vendus ce soir!

CHAMPAGNE!

Ça va, Benoîte ? Pas trop fatiguée ?

Non, pourquoi ? Je déplore juste une chose : il n'y a pas de crêpes au dessert. Tout de même, en Bretagne, quelle faute de goût !

Vous êtes à Fécamp, Yves ? Vous y avez un atelier de bord de mer comme Catel et José-Louis ? Oui. Je suis SCULPTEUR. Annie aussi, je crois...

Oui, mais moi, je suis Sculpteur à PARIS.

Vous êtes un homme, Annie ?

Ha ! Ha ! Non ! Pourquoi ?

Parce que si vous êtes une femme, vous êtes SCULPTRICE ! Si vous étiez institutrice, vous ne diriez pas : « je suis instituTeuR », n'est-ce pas ?

Vous avez raison !

Benoîte ne lâche jamais !

J'ADORE !

234

236

Et puis les hommes ont fait les manuels d'Histoire dont les femmes ont été rejetées!

Il existait tout de même des salons tenus par des femmes, nobles ou bourgeoises, pour parler politique...

La Convention a exigé qu'elles ne se réunissent pas à plus de CINQ!

Les groupes de pensée féminins étaient tués dans l'œuf.

200 ans après, toutes les maisons d'édition ont eu leur «Collection-femme»! Leur parole est même devenue à la mode!

Aujourd'hui, les femmes ont obtenu l'égalité théoriquement; mais elles ont aussi le revers de la médaille...

Leur espérance de vie diminue. Elles fument plus, développent des cancers jeunes. Elles sont stressées. Elles n'y ont gagné qu'à moitié?

Elles payent encore leur liberté. Elles assument la vie «d'avant» au foyer, tout en accédant à des postes de responsabilité. Elles ont une double charge! Mais c'est le seul moyen.

Elles veulent aussi montrer qu'elles peuvent tout gérer. Elles font des enfants de plus en plus tard, une fois qu'elles ont un métier bien en main.

Pour les métiers, le masculin l'emporte encore sur le féminin...

Du point de vue financier, c'est criant...

Et du point de vue nominatif aussi.

On ne sait toujours pas comment nommer certains métiers pour les femmes, c'est significatif!

Par exemple, on dit un docteur, mais une docteure ou "docteuresse"?

Il faut se référer au manuel que Jospin a publié, avec tous les mots au féminin.

On est pénalisé quand on les utilise!

On nous dit soit que «c'est moche», soit que «ça n'existe pas»!

L'année dernière, par exemple, un professeur m'a barré le E de auteure à propos de la citation d'une femme.

Je suis ravie du succès de l'exposition. Je l'ai dit à Constance au téléphone. Ça lui a donné l'envie de se remettre à peindre...
Mais j'avoue que je commence à être un peu fatiguée. Le médecin m'a ordonné de rentrer immédiatement à Hyères, mais c'est trop loin.
Je vais aller chez Lison à Paris, me reposer.
Je vais reprendre ma convalescence où je l'avais laissée!
Je referme la parenthèse. Brocéliande, c'est hors du temps, non?

17 NOVEMBRE 2010

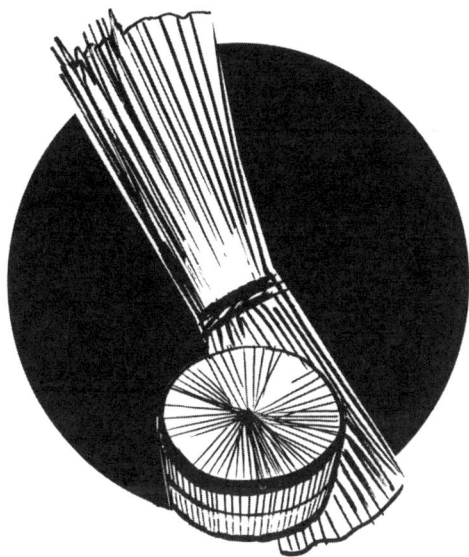

12 L'Atelier de Lison

Je suis soulagée, Benoîte...
Tu sembles avoir bien récupéré
de ton périple breton.

Oh oui, mes filles prennent
soin de moi...

C'est plutôt
elles qui sont
fatiguées!

Elles sont
débordées.
Tu vas voir,
Lison croule
sous les
commandes.

Son
atelier
est plein
comme
un œuf.

J'ai repris le flambeau
de mon grand-père!

Lison, tu peux montrer
à Catel les objets du
XVIIIe siècle que tu
restaures? Ça peut
l'aider pour sa
B.D. sur Olympe.

À cette époque, la
marqueterie de paille
est très à la mode.

Les artisans, mais
aussi les religieux
et les prisonniers
en développent le
commerce,
jusqu'à la fin
du XIXe siècle.

Parfois, je retrouve
des petits mots dans
les boîtes que je restaure!

Sous la Révolution française, la tendance est à la frivolité, l'amour des décors et des matières insolites. Tout est d'un grand raffinement.

J'ai plusieurs objets dans le style baroque pour les musées et les collectionneurs.

La restauration correspond à 80% de mon travail. J'ai une petite équipe qui m'aide dans mon second atelier !

Atelier Lison de Caunes

Catel ! Regarde ces trois tableaux de Papillons que Lison a réalisés sur le modèle de Pater !

La paille est un matériau à la fois rustique et aussi résistant que le bois grâce à son vernis naturel.

De la botte aux brins isolés, écrasés et collés, il en faut de la minutie et de la patience !

Ecole Boulle
(ébénisterie).

Motifs floraux

TRICTRAC
(jeu de bagatour)

chiffres
gravés
sur une
chine

30

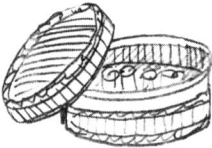

Petite boîte à reliquaires
(couvents)

+

50

boîts
scène
galantes

♠ ♥
♦ ♣

Louis XVI

Breloques pour hommes

Etuis
(menaçs
crochets
aguilles)

scène 18°s.
femme
se laissant séduire
par ange de l'amour.

RESTAURATION – Marqueterie de Paille

boîte de dragées
(≈ 1759)

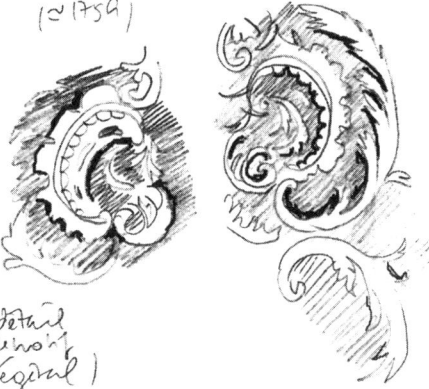

détail de motif
(végétal)

meuble miniature
(avec flacons
en cristal
en bronze
boîte
ronde)

coffret à
couture
XVIIIe s.

coffret réalisé par les
forçats de Foix de France
– XIXe siècle – (paysans bretons)

Tes propres créations sont très différentes du reste de ta production!

Je cherche la pureté des lignes...

...Dans l'esprit d'André Groult.

CRÉATIONS LISON

œuf en bois recouvert de paille

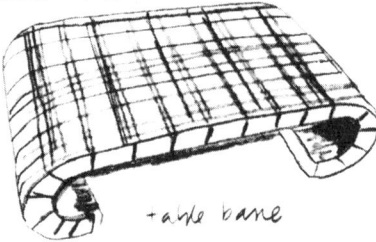

table basse

Petite boîte

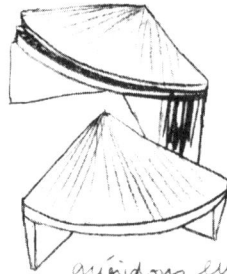

guéridons emboîtables.

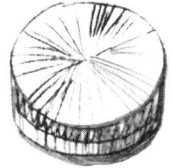

Tu as vu que Lison a obtenu son diplôme de « MAÎTRE D'ART en marqueterie de Paille » en 1998 ?

Et pourquoi pas « MAÎTRESSE D'ART »?! C'est la première et la seule femme à avoir ce titre aujourd'hui.

Quand tu as des commandes de marques prestigieuses, tu signes personnellement tes créations ?

Ah, non! Mon travail est considéré comme de l'ARTISANAT.

Mais dans les meubles signés par les grandes marques, je tamponne mon nom dans un coin, sous la paille...

C'est là que se cache l'ARTISTE!

14 DÉCEMBRE 2010

13 La médaille

Le fait de remettre des décorations à des personnalités éminentes est un honneur personnel qui rejaillit sur le ministère de la Culture et la Communication.

...C'est à Benoîte Groult que je vais rendre hommage...

Et ce ne sont pas des propos de circonstance mais des propos scellés par la conviction et la sincérité.

Avec une immense générosité, vous n'avez cessé, chère Benoîte GROULT, de vous battre toute votre vie avec une dignité lumineuse...

Vous avez gagné le cœur de tous pour la cause des femmes.

Vos écrits, vos actions, ce grand édifice militant de tous les instants lutte contre les stigmatisations dont sont friands ceux qui réduiraient cette cause majeure à une affaire de convenance, d'anecdote...

Vous êtes de ces femmes qui vivent à la hauteur de leurs rêves...

En ce XXᵉ siècle tourmenté que vous avez traversé, vous avez joué un rôle majeur dans l'avancée du DROIT DES FEMMES.

Je suis contente de voir ici Yvette Roudy grâce à qui on a fondé cette Commission des noms de métiers.

Elle a presque terminé son travail puisque je suis entrée cette année dans le DICTIONNAIRE LAROUSSE avec ma sœur Flora comme « ÉCRIVAINES et FÉMINISTES. »

Et puis il y a dix ans, je recevais la Rosette de la Légion d'honneur que je quitte avec un certain regret car elle m'a accompagnée longtemps...

Mais comment refuser une énorme médaille de COMMANDEURE, COMMANDERESSE OU COMMANDANTE?!?

Ecrivaine en tout cas, je le suis. Et je le défends maintenant avec cette médaille !

Merci beaucoup !

CLAP! CLAP!   CLAP!   BRAVO!   CLAP!

3 MAI 2011

14 Blandine inédite

Tu t'occupes des relations de presse pour beaucoup d'auteurs, Blandine ?

Environ une trentaine, entre les auteurs français, étrangers, morts ou vivants...

Et je suis aussi éditrice pour trois ou quatre d'entre eux.

Je publie chez Phébus mes amies Jeanne Cordelier, Catherine Enjolet et en ce moment Annie Butor qui écrit un livre intime sur son beau-père, Léo Ferré.

Et je m'occupe aussi des poches Libretto.

C'est ÉNORME !

Je ne chôme pas ! Il faut, pour ce métier, aimer les livres et aimer les autres. Je suis un peu la "maman" des auteurs.

Oui, tu m'aimais, mais tu n'aimais pas ce que je représentais.

Tu étais indomptable! ...aguicheuse, blonde, tu t'habillais si court qu'on voyait ta culotte!

À l'adolescence, les enfants ont une alternative: être COMME ou CONTRE les parents.

C'est vrai.

Ou les filles copient leur mère, ou elles prennent la position inverse.

Oui.

Mais Blandine était excessive. Toute jeune, elle était atrocement FEMME!

Toi-même, tu énervais ta mère en étant l'exact contraire!

Dans un livre de ton ami Boris Cyrulnik, j'avais retenu cette phrase d'un psychiatre allemand: "être adulte, c'est faire ce qu'on a envie de faire, même si ça fait plaisir à papa et maman"!

Hi! hi! Très juste!

Moi, j'ai perdu beaucoup de temps à faire des choix pour NE PAS TE FAIRE PLAISIR.

Du coup, je n'ai pas fait les études que j'aurais dû faire.

NON aux études de lettres. Tu es si douée pour ça! Que veux-tu faire?

ACTRICE

Ça t'agace, hein?!

Lire... Apprendre, écrire des textes sur les écrivains. J'étais faite pour ça!

Finalement, c'est mon métier aujourd'hui.

À l'époque, j'ai tout de même joué quelques pièces et fait quelques tournages...

Tu n'as été actrice que dans un film de Paul, tourné à Concarneau.

Pas du tout, maman. J'étais l'héroïne de « Atout Cœur » de Jean Laviron, j'étais la jeune première dans le "Médecin malgré lui »...

Je me souviens très bien, hi! hi!

Dans "Les Cousins de la Constance" de Guimard, une histoire de marins...

Tu recevais une GiFLE! ha! ha!

On l'a revu sans arrêt pour ça!

Blandine jouait une Parisienne insupportable. Ça lui allait comme un gant!

HA! HA!

J'ai très vite arrêté, je ne voulais pas courir les castings avec 25 filles dans un couloir qui se regardent d'un air épouvantable.

J'ai fait divers petits boulots.

Ça rendait maman folle.

Tu te souviens de ma phrase culte à ce moment?

Ah, oui! "As I am, I am and I stay."

Non, pas celle-là!...Celle de Boris Vian: "Je ne veux pas gagner ma vie, je l'ai."

J'ai fini par céder à l'atavisme familial...

En 1997, j'ai écrit un roman: "L'Involontaire", chez Stock.

Et Lison aussi: "Les Jours d'après" chez Lattès. Mais ça a moins bien marché que "Des nouvelles de la famille"

C'est normal, maman, c'était un livre commun, avec les signatures de GUIMARD et GROULT!

J'ai longtemps consacré mon temps à ma véritable passion: L'AMOUR...

...Peut-être en relation avec le sentiment d'abandon lié à mon père...

J'étais une séductrice. Maman ne voyait pas en sa vamp de fille une attitude très féministe!

On en a beaucoup parlé depuis... Le féminisme d'aujourd'hui peut conjuguer le côté sexy et le côté intellectuel des femmes.

Maman l'a bien compris et nous sommes devenues de vraies complices!

N'est-ce pas, maman?

Oh, oui. Blandine a même tendance à devenir une vraie mère pour moi!

Le plus important dans notre relation, c'est la LIBERTÉ que tu nous as transmise, à moi et mes deux sœurs. Il n'y avait pas de tabous. En particulier pour le sexe.

J'ai toujours accepté vos amants... Et réciproquement!

Même si j'en ai vu de toutes les couleurs, j'ai toujours voulu garder le dialogue avec vous.

Tu as réussi! J'essaye de faire aussi bien avec ma propre fille. C'est difficile...

Ah, oui! Mes petites-filles ont leur caractère aussi!

Je file doux avec elles... Lison et Blandine étaient finalement moins dures.

Mais non. C'est juste qu'on est plus indulgent aveces propres enfants.

Peut-être...

La maternité, c'est comprendre quelqu'un qui ne nous ressemble pas.

Oui.

Nous nous apportons et nous éduquons réciproquement.

C'est pour ça que je déteste les livres des filles qui écrivent CONTRE leur mère. Elles les accusent toujours d'être mauvaises et responsables de TOUT!

Tiens, ça me donne envie d'écrire un roman sur toi...

... UN ROMAN D'AMOUR, bien sûr!

20 JUIN 2011

15 Service Public

LE NOUVEL OBS.
Laurent Joffrin :
"le mâle
français"
"Ce qui doit
disparaître
avec l'affaire
D.S.K. notamment,
c'est l'atteinte
à la dignité
des individus et
l'idée que les
femmes, même
sous des formes
édulcrées,
doivent encore
et toujours
accepter, malgré
des décennies de
lutte, la
soumission"

Hyères
3 Juin 2011

— Arrivée à la gare —

Petit séjour
ensoleillé
chez Benoîte

Chambre de Blandine
Vue de notre
chambre.

— Juin 2011 —

7 JANVIER 2012

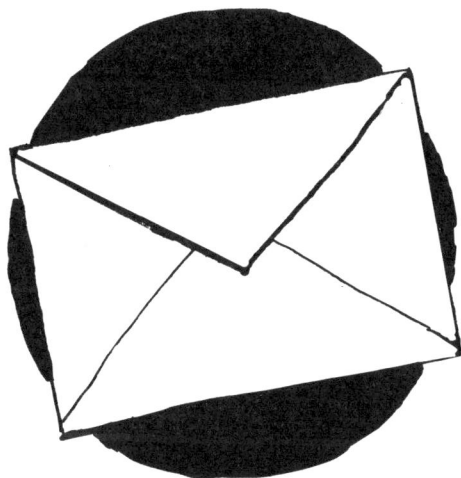

16 Échanges épistolaires

Déjeuner avec Benoîte au Petit Lutétia
10 rue de Sèvres 75006 PARIS

(Petit souvenir tiré de
mon moleskine d'un
déjeuner en ville
sur le même thème!)

10 septembre 2011

Ma chère Benoîte,

Décidément, tu n'as pas peur d'être à contre courant des féministes avec l'affaire D.S.K! Mais pourquoi pas, tes arguments sont intéressants...

En revanche, pour la B.D., je ne comprends pas ton entêtement à ne pas reconnaître (ça ne signifie pas "aimer") ce moyen d'expression. C'est d'autant plus bizarre que tu as tout de même accepté l'expérience d'être l'héroïne d'un roman graphique! Est-ce un dernier tabou à vaincre, ou tout simplement de la mauvaise foi (qui te caractérise si bien parfois)?!

Au moins, nous sommes d'accord sur les plantations de ma courette... Nous en reparlerons. On se voit au dîner chez les Carcassonne?
Je t'embrasse et me replonge dans mes planches d'Olympe...
Astel

Jeudi 15 septembre 2011   Paris

Je n'en avais jamais vu en couleur,
de la moleskine ! J'ai pensé que cela pourrait
te rendre service parmi tous tes carnets noirs !
En tout cas, ils sont jolis et inséparables
de ta personne —

Dans 2 mois, il sera temps d'aller chez
Truffaut choisir tes futurs camélias... Si
tu es toujours d'accord pour arracher tes
fusains... Je pense que Truffaut peut se char-
ger de la livraison, de la plantation et du
rajout d'engrais, OR BRUN ou autre. Mais
les camélias ne sont pas très exigeants, sauf
en humidité — Réfléchis bien. Peut-être
trouves-tu tout à fait passables tes actuels
arbustes ?

Le dîner d'hier était étonnamment
sympathique — Les hommes étaient
formidables — Surtout le Directeur artistique de Lille — tu me diras son nom —
les 2 autres m'ont raccompagnée gentiment.
J'ai l'impression de n'avoir pas vu 3
hommes gentils et un peu empressés depuis

des années !! (sauf José-Louis bien
sûr —) Mais, après un certain âge, c'est
une variété qui disparaît totalement
de votre paysage ! Heureusement qu'il
reste les femmes...

Quand se revoit-on ?
Achève vite Olympe ....   Je t'embrasse
                              Benoîte.

_ BRETAGNE _ Le Lama
du Bois de la Roche

Le Presbytère (CHEZ DANIELLE & MICHEL BOUQUET)

Château du Bois de la Roche

Envoyé courrier + dennis
a Beuâte

Auberge de
la Rothlach

— ALSACE — HIVER 2011

Ski de fond avec José-Loïs

Auberge de la Charbonnière
oct. 2011

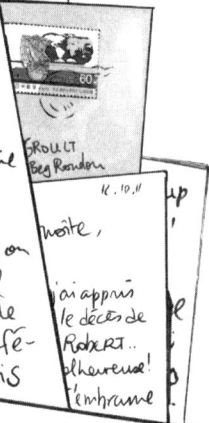

« J'ai lu énormément de bandes dessinées dans mon enfance... »

« Catel, pour se reposer, tient un journal intime qui est fait de dessins! »

« Elle a un chat délicieux et moi j'en ai 2! »

JAPON-TOKYO
Jeudi 20 octobre 2011   Institut FRANCO-JAPONAIS
Conférence Catel & Bocquet avec RECATION
PASCAL QUIGNARD Débat LITTÉRATURE BD

le 25 octobre 2011

Chère Benoîte,

Nous voilà de retour à Paris après un dépaysement total à TOKYO où nous avons été invités quelques jours, José-Louis et moi, en fort bonne compagnie avec Pascal Quignard et Laure Adler. FORMIDABLE! Nous avons même eu l'occasion de reparler de notre éternel débat LITTÉRATURE-Bande ... lors d'une confé- ... JAPONAIS

de te reproduire là ↑
pris sur le vif des pl...
qui se compromet...
ainsi! (Comment
en latin en ayan...
Il faudrait qu'...
pour le moment
sans état d'âm...
horaire pour
Plus qu'un
C'est triste et
pour moi ça si...
de me conser...
Je pars à Féc...
marathon
graphique

-Fécamp- « Mon port »

MON ATELIER- vue mer et port
FECAMP

...oîte,
...'ai appris
...le décès de
...Robert..
...alheureuse!
...t'embrasse

À BIENTÔT

Catel

Catel Muller
... du Danube
Paris

Vendredi 14 novembre Paris

Tu dessines toujours
... ment ... merci
tout

EXPEDITEUR : B. Groult qui a tenté de copier la
cigogne !

mardi 11 Décembre 2011 Hyères

Quel plaisir de recevoir ta lettre
et la belle vue de Fécamp et de
... tu as bien avancé. Moi
... ...eluée d'une préface

5 Janvier 2012

Le gorille, splendide primate en voie de disparition,
l'un des êtres vivants le plus proche de l'Homme.

Hyères

Tu ne te sépares ni de ton amoureux ni de ton moleskine !
José-Louis doit être jaloux ! Tes pensées chaleureuses m'ont
fait chaud au cœur or j'en avais besoin car mes 2 filles aînées
sont reparties le 28 déc. me laissant avec mon lumbago !!
le 1er de ma vie et je n'ose plus me baisser même pour ramasser
une feuille morte. On a passé des journées délicieuses et ...
jeûné, tous les jours dans le jardin. Je vais demain chez
un ostéopathe que connaît bien Blandine, qui a souvent
des lumbagos... Et je n'ai pas pu travailler à mes Carnets
de Pêche. Manuel va être furieux !

Je rentre à Paris le 15 pour semaine et je crois que
nous dinons ensemble le 20 ? As-tu guillotiné Olympe ?
Beau dessin, la guillotine de Mr Guillotin !
Tu me diras comment tu as apprécié la BD sur Robert Laffont.
C'est le plus sûr moyen pour faire rebondir notre "Querelle"
GREENPEACE des Anciens et et des modernes !! "Tu me manques.
Belle année à toi et à vous deux - Benoîte

21 JANVIER 2012

17 Soirée cinéma

Quelle que soit la qualité du film que je vais faire, il me faut d'abord 2 MILLIONS D'EUROS !

Les films d'Hiner Saleem sont incomparables...

Quel que soit leur prix !

C'est un travail d'auteur.

Avec maman, nous étions allées voir votre film "les toits de Paris"

Avec Mylène et Michel Piccoli.

MAGNIFIQUE ! Il y avait tant de sensibilité, de tendresse, d'humanité...

...sur un sujet aussi dur.

Ça ne vous a pas trop déprimée ?

Mais non, au contraire ! Vous parlez de la partie cachée des choses. C'est extrêmement poétique.

Et Mylène y est bouleversante !

Là! J'ai une photo tirée du film...

... sorti en 2007.

Et celui avec Bardot, c'est bien « futures vedettes » d'après un scénario de Roger Vadim ?

Bravo Stéphane! Sorti en 1955.

Vous êtes si jeunes et belles toutes les deux. On dirait des sœurs.

C'est un film de Marc Allégret.

Avec un titre prémonitoire !

Moi, j'avais refusé de faire des essais pour ce réalisateur.

Vous êtes tout de même devenue une vedette !

Bardot et moi avons démarré le cinéma en même temps. On nous a souvent présentées comme des concurrentes. Mais c'est faux. On s'est toujours très bien entendues.

Brigitte Bardot

Mylène Demongeot

Bardot est devenue une star mondiale !

J'aime beaucoup Bardot... Quelle grâce, quelle sensualité, quelle audace surtout !

Elle a été l'emblème de l'émancipation des femmes.

Elle a toujours été sincère... Même en ne se cachant pas d'être une « mauvaise mère »! On ne naît pas avec l'instinct maternel, Elisabeth Badinter en parle bien. Bardot a osé nous montrer cette vérité.

Mais vous, Mylène, vous avez continué votre carrière d'actrice, et pas elle! Vous êtes encore meilleure aujourd'hui !

Merci, Benoîte. J'aime le cinéma, mais j'ai une autre passion, comme Brigitte...

J'aime les animaux. Je me bats pour leur protection!

Brigitte

Mylène

Bardot a sa propre fondation et moi, je suis investie dans les activités du Refuge de l'Arche, en Mayenne. Nous y sauvons toutes sortes d'animaux blessés, malades, abandonnés, qui ne peuvent pas retourner à la vie sauvage...

Loin d'être des rivales, nous sommes au contraire, Brigitte et moi, des alliées pour la cause animale. Et ça, c'est pas du cinéma!

C'est une autre forme de sororité.

6 MARS 2011

18 Escort-boy

HA! HA! J'ai intérêt à bien me tenir maintenant que ta B.D. avec José-Louis vient de paraître!

Nous revenons tout juste des "Journées Olympe de Gouges" à Montauban, sa ville natale, où nous avons fait la présentation en "avant-Première" de notre album.

LES EDITEURS

les éditeurs

400 pages! ... Un vrai pavé de la Révolution!

J'aime bien la couverture. Elle est belle, ton Olympe.

OLYMPE de GOUGES

C'est bien ce qui lui a posé problème, en plus de son intelligence. Comme elle était jolie, qu'elle plaisait aux hommes et que les hommes lui plaisaient, elle a été considérée comme une catin.

C'est l'éternelle injustice pour les femmes ! Un homme comme Olympe aurait été -et est toujours- considéré comme un séducteur.

Ah, voilà Sonia dont je t'ai parlé ! J'illustre ses textes pour "l'ENCYCLO DES FILLES."

Elle veut m'inclure dans votre ouvrage, c'est ça ?

Bonjour madame, je suis une grande fan... Très honorée de vous rencontrer.

Je souhaite parler de vous dans le chapitre "Féminisme" de la prochaine édition pour vous faire connaître d'un jeune public.

Très bien. Que voulez-vous que je vous dise puisque vous avez lu tous mes livres ?

J'aurais une seule question.

...qu' auriez-vous envie de dire aux adolescentes d'aujourd'hui ?

Eh bien, justement... Ne pas endosser trop vite un personnage de séductrice, comme je le vois très souvent sur des très jeunes.

Être libre, c'est ne pas se conformer à un type de caractère, c'est refuser d'être un stéréotype.

Elles auront toute la vie pour affoler les hommes !

C'est noté.

D'ailleurs, on peut encore affoler très tard... Même si c'est pour de mauvaises raisons...

Comment ça ?

Je suis un peu gênée, mais ça vaut le coup d'œil...

Je vais vous montrer ce que j'ai reçu hier, dans ma boîte aux lettres à Hyères.

...Un courrier d'un certain Jean-Pierre qui a 23 ans...

Il y a même sa photo.

Un jeune admirateur ?

Tu nous lis sa lettre ? Ou c'est trop privé ?

« Ma chérie, salut mémé,

Benoîte, je suis escort-boy de profession. Si tu veux faire l'amour avec un jeune, je me ferais un plaisir de te faire jouir dans différentes positions...

...Tu dis toi-même dans tes livres que le sexe t'intéresse encore à ton âge et que tu es en manque. Ne laisse pas passer cette merveilleuse occasion ! ...

J'ai 23 ans et suis fournisseur attitré du Club des Cougars Varoises. Les clientes me considèrent comme l'un des plus beaux, en plus je suis un très bon baiseur. Je pratique des tarifs très raisonnables et fais des prix spéciaux pour le 4e âge. Je m'appelle Jean-Pierre ...
... A bientôt pour baiser ensemble !»

HA! HA! HA!

Et il met ses coordonnées.

Vous trouvez ça drôle ?

C'est écoeurant, non ?!?

Il vous prend pour une COUGAR. C'est très à la mode !

C'est quoi ça, "COUGAR" ? J'en ai déjà entendu parler...

C'est un terme argotique – un anglicisme popularisé du "puma" – pour qualifier les femmes ayant des relations avec des hommes plus jeunes qu'elles.

Et ces jeunes hommes sont appelés «Escort boy» pour les accompagner ou "Toy-boys" comme des garçons-jouets.

De mon temps, on disait GIGOLO. Encore une de ces injustices pour les femmes.

Les hommes, eux, sont depuis toujours avec des femmes plus jeunes qui pourraient être leur fille ou même leur petite-fille. C'est quoi le masculin de "COUGAR" ?

Encore "SÉDUCTEUR" ?!

Le progrès, c'est que ces femmes sont des «panthères». C'est mieux que des "dindes" ou des "poules" ! Il est vrai que beaucoup de mes amies, souvent après avoir divorcé, sont avec des hommes plus jeunes.

Tu sais bien que les femmes sont aujourd'hui de plus en plus longtemps séduisantes !

Oui. Mais de là à craquer sur Jean-Pierre...

Vous voulez voir sa photo? Elle est éloquente!

Je suis atterrée.

ÇA ALORS! Il est nu! ET IL BANDE!

Tu as gardé cette lettre pour un nouveau sujet d'étude?

Oui, j'ai fait appeler une amie pour vérifier le numéro de téléphone...

... Jean-Pierre existe bien. C'est un PROFESSIONNEL du Sud.

Et je vais lui renvoyer sa lettre... mais avec une annotation pour lui faire comprendre une chose...

...Pour plaire, il ne suffit pas d'avoir un physique avantageux...

...Il faut aussi savoir écrire le français correctement!

HA! HA! HA!

LES EDITEURS

Ma chérie, salut mémé,

Benoîte, je suis escort - boy de profession. Si tu veux faire l'amour avec un jeune, je me ferai un plaisir de te faire jouir dans différentes positions. Tu dis toi-même dans tes livres que le sexe t'intéresse encore à ton âge et que tu es en manque. Ne laisse pas passer cette merveilleuse occasion!

J'ai 23 ans et suis fournisseur attitré du club des cougars varoises. Les clientes me considère comme l'un des plus beaux, en plus je suis un très bon baiseur *mauvais en orthographe!*

Je pratique des tarifs très raisonnables et je fais des prix spéciaux pour le 4 ème âge.

Je m'appelle JEAN-PIERRE mon n° de tél. est : 0494357553

A bientôt pour baiser ensemble.   Jean-Pierre

8 MARS 2013

Olympe de Gouges

19 la journée de la femme

Moi je suis du temps de
Bécassine et des pieds
Nickelés c'était pour moi
de la "sous- littérature"!!
on lisait ça aux cabinets!
On n'en parlait pas le soir
à table avec les parents.
En plus je ne sais pas
dessiner! Ceci explique
sans doute cela.
Il ne faut pas me demander
mon avis sur la B.D. C'est
comme si on me deman-
dait ce que je pense du
temps où l'imprimerie
n'avait pas été inventée!
Benoîte Groult

Benoîte et les pieds Nickelés

Bécassine et Benoîte

C'est comme ça que tu me vois, Catel? Comme une sorte de Bécassine dont la vie défile dans des petites cases?

Ha! Ha! Tu es ma "BENOÎTINE"! Mais contrairement à Bécassine, tu as de grandes bulles pour t'exprimer!

Bienvenue à Strasbourg, chère Benoîte Groult. Merci de venir dans notre médiathèque, récemment rebaptisée "Olympe de Gouges", nous présenter votre extraordinaire ouvrage sur cette figure emblématique du féminisme.

En réalité, il s'agit de la réédition d'un livre que j'avais écrit sur elle il y a 30 ans et qui n'avait pas eu de succès.

Je suis ravie de voir que son nom, cité il y a longtemps sur une couverture, soit aujourd'hui attribué à une médiathèque.

Nous travaillons actuellement à la réhabilitation des femmes dans les noms des écoles, des places et des rues de Strasbourg.

La plupart ont des noms d'hommes, puis de choses ou d'animaux, et loin après de femmes !

Nous venons de créer au sein d'un quartier populaire, avec la participation des habitants, l'Allée Simone de Beauvoir.

Olympe serait émue de voir ça! Même si à Paris, la place qui a été créée à son nom est un rond-point pour les voitures, sans numéro de maison, donc sans adresse.

Il faut continuer à se battre pour la réhabilitation des femmes dans l'HISTOIRE.

Il faut parler d'elles, écrire sur elles..

D'ailleurs, ce sont elles qui achètent des livres et qui les lisent.

Regardez dans le métro, elles dévorent des romans alors que les hommes lisent des B.D. ou des journaux, illustrés de préférence!

HA! HA! HA!

HA! HA!

HA!

On me demande régulièrement: «Vous êtes encore féministe?» Comme si j'avais un éczéma dont je n'arrive pas à guérir!

Les jeunes filles ont l'impression de perdre leur séduction si elles se revendiquent féministes. Il faut vaincre ce préjugé!

... Benoîte, une équipe de télévision t'attend à la librairie Kléber...

Je peux finir mon verre, Manuel ?

François ! Excuse-nous, on a un peu de retard !

Benoîte a fini son interview. Elle vous attend pour commencer la conférence !

LIBRAIRIE Internationale KLEBER

KLEBER

C'est au premier étage.

Il y a un peu de monde ?

BENOÎTE GROULT

CATEL & BOCQUET

Plus de 300 personnes ! Benoîte attire toujours les foules.

Vous avez choisi, pour vos biographie et bio-graphique respectives et complémentaires, une femme de la Révolution française, précurseure du féminisme...

Olympe de Gouges disait si justement que si les femmes avaient droit à la guillotine - ce droit était facile à obtenir...

...Elles devaient aussi avoir le droit à la Tribune - droit qu'elle n'obtint jamais!...

HA! HA!

ha!

HOOOO!

Ce qui ressort de vos livres, c'est bien la misogynie des Révolutionnaires.

Ils se prenaient tout simplement pour L'UNIVERS!

Les HOMMES avaient le toupet de parler de suffrage UNIVERSEL.

C'était le DROIT de VOTE pour eux seuls.

la moitié de l'univers était exclue!

Les hommes ont toujours été contre l'apprentissage de la lecture et de l'écriture pour les femmes... et ils avaient raison! Car les femmes sont très intelligentes et plus courageuses!

Olympe a appris à lire et à dicter. Elle fréquentait le cercle des amis du duc d'Orléans, et a commencé à se mettre en scène elle-même.

À son époque, le théâtre était événementiel et permettait d'exprimer ses idées publiquement. Écrire et jouer est devenu un acte politique où Olympe communiquait ses convictions.

Pourriez-vous nous lire un extrait du préambule de sa Déclaration des Droits de la Femme et de la Citoyenne, s'il vous plaît?

Oui...

Attendez que je mette mes lunettes: à 93 ans, j'ai le DROIT!

« Homme, es-tu capable d'être juste? Qui t'a donné le souverain empire d'opprimer mon sexe? »

« Distingue, si tu peux, les sexes dans l'administration de la nature. Partout, tu les trouveras confondus, partout, ils coopèrent »...

« L'homme seul s'est fagoté un principe d'exception. Bizarre, aveugle, boursouflé de science et dégénéré dans l'ignorance la plus crasse, il veut commander en despote. »

Elle n'en rate pas une!

HA! HA! HA!

Des questions, à présent ?

Olympe de Gouges va-t-elle être panthéonisée ?

On en parle... Après Sophie Berthelot et Marie Curie qui ont suivi leurs maris.

Que pensez-vous des fémen ?

On me demande souvent ça. Je ne sais pas très bien... Je trouve les FEMEN culottées. Mais j'espère que leur image ne se retournera pas contre les femmes.

Quelle lecture conseilleriez-vous aux jeunes femmes ?

Oh, il y en a beaucoup ! Peut-être... « Des mots pour le dire » de Marie Cardinal.

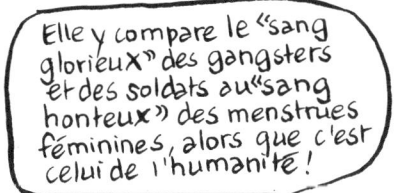

Elle y compare le "sang glorieux" des gangsters et des soldats au "sang honteux" des menstrues féminines, alors que c'est celui de l'humanité !

Quel est le combat prioritaire pour nos filles ?

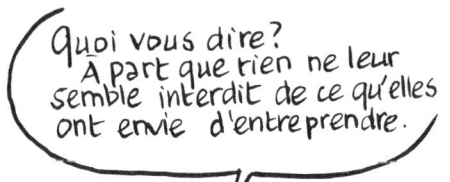

Quoi vous dire ? À part que rien ne leur semble interdit de ce qu'elles ont envie d'entreprendre.

CLAP!

BRAVO!

BRAVO!

BRAVO!

CLAP!

clap!

enfin libérée. dîné avec Catel et Josée Louis (très en beauté!) On dit toujours ça des femmes mais c'est vrai pour les hommes! aussi!) Une face à la cathédrale émouvante (on pense aux bombes qui l'ont frôlé... J'ai encore fait une gaffe sur les BD! Merci, Catel, de me pardonner. Benoîte

DÎNER MAISON KAMMERZELL   16 place de la Cathédrale   -8 mars 2013

Dites-moi, Brigitte, il n'y a que des femmes qui vous consultent dans votre cabinet de sexologie?

Non, il y a beaucoup d'hommes aussi. Ça les rassure le regard d'une femme sur leurs problèmes.

Ils se sentent mieux compris. Et puis, ils ont une méconnaissance des femmes, de leur " fonctionnement "

Je leur explique le " mystère " féminin.

Vous gagnez sur tous les tableaux, alors.

On espère que c'est eux qui gagnent sur tous les tableaux!

Quel type de patients avez-vous?

Toutes sortes. Tous âges. Toutes catégories sociales et toutes religions.

Il y a 30% de musulmans.

Les Musulmans vous parlent de leurs problèmes de sexe?!

Pour les fondamentalistes, je ne représente rien, je suis une femme, inférieure par essence.

Mais ils ont confiance en votre diagnostic, votre traitement?

Oui, c'est le paradoxe. Ils reconnaissent mon professionnalisme, ma compétence.

Ils ne sont pas niés dans leur virilité et leur honneur!

Un homme impuissant est toujours supérieur à une femme, même puissante.

La plus grande difficulté est de recevoir leurs femmes musulmanes, avec leurs plaintes.

Elles sont comme des mineures, soumises, inféodées à leur mari, père ou frère.

Quand elles viennent me voir, elles restent terrorisées par les hommes.

Elles sont oppressées par la tradition. Elles n'ont pas de liberté de pensée.

Même celles qui sont nées ici, qui vont à l'école ?

Oui, la tradition, qui est liée à la famille et à la culture, est plus forte que l'éducation.

Souvent, elles acceptent des mariages dits «traditionnels» et elles me consultent pour «viol» conjugal.

Ça ne diminue pas leur obéissance familiale ?

Difficile. Elles ont beau avoir conscience, par l'extérieur, par internet aussi, d'une liberté possible, elles ne peuvent pas se rebeller. Elles redoutent l'exclusion.

Elles doivent être malheureuses !

Souvent, elles se réfugient encore plus dans la tradition. En portant le voile, par exemple. Alors que leurs mères, il y a 25 ans, ne le portaient pas !

C'est le fléau de la religion !

C'est pareil pour les Africaines ?

307

Gutenberg! C'est un joli nom pour une librairie.

Mon grand-père, Edmond Muller, l'avait baptisée ainsi. La librairie a changé plusieurs fois de propriétaires depuis, mais le nom est resté.

Il y a nos deux Olympe en vitrine!

librairie gutenberg

AH! C'est une très bonne librairie!

Je n'ai pas résisté à l'envie d'acheter un livre. « Histoire d'une femme libre. » C'est l'autobiographie cachée de Françoise Giroud. Ça m'intéresse, je l'ai bien connue. Avec Paul, on lui avait même vendu notre première maison, en Bretagne...

Ah, voilà mon père!

TUUUUT!

C'est vous le fils du grand-père libraire, monsieur Muller?

Oui. Appelez-moi Jean! Avant d'être professeur de sciences naturelles, j'ai commencé à gagner ma vie à la librairie de mon père.

J'étais garçon de course: je faisais des centaines de kilomètres pour les commandes.

309

Maintenant, on se déplace moins. Une grande partie du travail se fait par informatique.

Moi, je n'ai toujours pas d'ordinateur!

Ma femme et moi n'en avons pas non plus.

On a l'air retardés!

On n'a pas l'air, on l'est!

Mais on peut bien vivre sans.

Ah non, Jean, il ne faut pas s'en ficher! C'est une infirmité aujourd'hui de ne pas savoir vivre avec la modernité.

Moi, j'ai besoin d'un mail, par exemple.

J'ai acheté un manuel pour les NULS. Je vais m'y mettre.
Je pensais mourir à temps pour ne pas acheter d'ordinateur.
C'est raté!

Nous voilà à JILKIRCH-GRAFFENSTADEN!

J'ai grandi dans cette maison avec ma soeur Brigitte et mon petit frère Jean-Philippe...

310

311

Le film de Michael HANEKE?

Oui. Ça fait 30 ans que je n'avais pas pleuré comme ça!

Ah oui, c'est terrible ce film! Moi, c'était "Autant en emporte le VENT" qui m'avait émue au point de pleurer et d'aller le revoir quatre fois!

Mais "Amour", je n'irai pas le revoir. C'est trop dur.

En effet. Quand je suis sortie de la séance, j'ai dit aux gens: "Attention, vous ressortirez en mauvais état"!

C'est extrêmement poignant.

C'est si vrai, si cru, sur la vieillesse, la maladie, la folie, le couple...

Oui, mais pourquoi "AMOUR"? Ça devrait plutôt s'appeler "MORT"!

Ou "L'AMOUR à MORT."

Je milite depuis 15 ans pour l'Association pour le Droit de Mourir dans la Dignité. En France, l'église catholique est au Moyen Âge sur le sujet.

On n'a pas le choix: il faut mourir en bonne forme!

Je suis émerveillée de vous voir si jeune, si belle! Mes amies ne veulent pas croire que vous avez 90 ans!

93.

Avec vous, on peut tout de même avoir une vision positive de l'avancée dans l'âge.

La seule chose positive que la vieillesse procure, c'est la sagesse obligatoire! J'ai dû renoncer à tant de choses! A commencer de vivre avec un homme...

Vous souffrez de la solitude?

Quand on écrit, on n'est jamais vraiment seul... J'ai aussi acquis la certitude que j'avais du plaisir à écrire.

Je peux raconter, me souvenir... Comme vous deux dans la montagne, nous avions, Paul et moi, la mer...

Avec mes carnets de pêche, je repense à lui, à nous... Notre amour...

...Nous avions notre bateau en Bretagne qu'on a remorqué jusqu'en Irlande...

On y avait construit une petite maison où François Mitterrand venait parfois nous rejoindre.

Nous partions quotidienne- ment en mer. Et nous re- montions des casiers pleins!

Dans le Kerry, les bouquets venaient dans nos mains. Les eaux regor- geaient de poissons et de fruits de mer. Tous les jours, c'était la pêche miraculeuse!

Le soir, nous nous régalions alors que les Irlandais, dégoûtés, nous disaient: "We don't eat this sort of things!"

Nous espérions secrètement un article qui annoncerait un jour: "Paul Guimard et sa femme sont morts sous les goémons verts d'Irlande"

J'essaye de parler de tout ça dans mon prochain livre...

Je me sens si vivante quand je prends mon stylo pour écrire...

...même si, quand c'est sur le papier, ça vous échappe!

Et puis, il y a aussi le bonheur de vivre quand je jardine... La terre... Les fleurs... Les saisons...

Le printemps est EN MOI!

— MARS 2013

Maison des Moines – côté sud –

Terrasse arrière (avec veranda

le vieux pommier au fond du jardin,
face au parc, au bord d'un bras de l'Ill

Ta dernière phrase dans mon moleskine est un joli cadeau, Benoîte!

J'ai fini la lecture de tes planches sur 'MA VIE'... sauf la fin que tu n'as pas encore écrite!

C'est étrange de se voir dessinée... Ma famille... Mes amours... C'est TON interprétation.

Tout est juste et pourtant différent de ce que j'ai vécu.

Mais c'est bien MON histoire!

C'est comme si je me redécouvrais, moi-même.

Tu représentes bien la nature et les maisons.

Je reconnais tout, c'est émouvant...

Tu finiras peut-être par changer d'avis sur la B.D?

Surtout la tienne, ma petite Catel, parce qu'elle parle de moi! Et j'aurai vaincu mon dernier préjugé.

Pas tout à fait, ma Benoîtine! Il t'en reste encore un...

Quoi?! Tu ne veux tout de même pas me faire écouter du RAP?!

HA! HA! HA!

La littérature et la BD ont des pouvoirs différents.

Benoîtine

318

8 - 15 Juin 2013

20 La rose Benoîte Groult

Ta B.D. sur Olympe, quel boulot! Mes livres pour enfants ne font pas plus de 48 pages, et pour le même prix!

(Ça, c'est le haut de l'iceberg...)

En réalité, notre complicité va au-delà de notre duo en bande-dessinée.

Avec José-Louis, vous formez un bel équipage : le mariage de l'écriture et du dessin, c'est la clé de votre histoire.

CAFE PARISIEN

Mon ami Pascal m'en a fait prendre conscience...

l'écrivain Quignard, ton voisin?

Oui... José-Louis et moi avons été éduqués par des mères lectrices de Benoîte Groult.

Ce sont les fondations de notre relation.

C'est ça la clé de notre histoire.

Moi aussi j'ai été élevé par une mère lectrice de Benoîte Groult!

Du jour au lendemain, j'ai été préposé à la vaisselle!

HA! HA!

C'est sans doute pour ça que tu es mon meilleur ami, Pronto!

Tu t'en vas?!

Oui... J'ai déjà manqué la Rose une première fois... à cause de toi!

Quoi?! C'était pas ma faute! On avait juste pris un petit retard en cherchant de l'essence pour ma Harley!

Non, le gros retard, c'était pas dû à ta moto, c'était TOI! ... Avec le temps perdu à tergiverser sur la chemise que tu allais mettre pour la cérémonie à COURSON!

HA! HA! Et aujourd'hui, tu trouves mes fringues moins « vulgaires »?

J'y vais!

Pour me faire pardonner, je te ramène chez toi en voiture.

Tu rigoles? J'habite à 5 minutes à pied!

Oui, mais avec ma FERRARI, c'est 5 secondes en FUSÉE!

Table des matières

Cet ouvrage a été imprimé
par la Nouvelle Imprimerie Laballery
pour le compte des Éditions Grasset
en septembre 2013

Grasset s'engage pour
l'environnement en réduisant
l'empreinte carbone de ses livres.
Celle de cet exemplaire est de :
1,3 kg éq. CO_2
Rendez-vous sur
www.grasset-durable.fr

PAPIER À BASE DE
FIBRES CERTIFIÉES

Dépôt légal : octobre 2013
N° d'édition : 17937 - N° d'impression : 309191
Imprimé en France